KB105110

마스터 K 19

김광수 현대 판타지 장편 소설

초판 1쇄 찍은 날 § 2014년 1월 23일
초판 1쇄 펴낸 날 § 2014년 2월 3일

지은이 § 김광수
펴낸이 § 서경석

편집부장 § 권태완
편집책임 § 어정원

펴낸곳 § 도서출판 청어람
등록번호 § 제1081-1-89호
등록일자 § 1999. 5. 31
어람번호 § 제1-1766호

주소 § 경기도 부천시 원미구 심곡2동 163-2 서경B/D 3F (우) 420-822
전화 § 032-656-4452 팩스 § 032-656-4453
http://www.chungeoram.com
E-mail § chungeorambook@daum.net

ⓒ 김광수, 2012

ISBN 978-89-251-3694-3 04810
ISBN 978-89-251-3073-6 (세트)

※ 파본은 구입하신 서점에서 교환하여 드립니다.
※ 저자와 협의하여 인지를 붙이지 않습니다.
※ 이 책은 도서출판 청어람과 저작권자의 계약에 의해 출판된 것이므로,
   무단 전재 및 유포·공유를 금합니다.

마스터K

19

김광수

현대 판타지 장편 소설

FUSION FANTASTIC STORY

CONTENTS

제1장
이건 환상이야!

"K! 무슨 소리야?"

잭 윌리엄이 화들짝 놀라며 돌아보았다.

"넌 어제도 무리하게 던졌어. 그러다 어깨가 나간다고!"

쩍쩍거리며 풍선껌을 크게 부풀리고 앉아 있던 마리오 감독.

그의 일그러지던 얼굴을 보며 K가 자신이 나가겠다고 나섰다.

"걱정 마십시오. 강철처럼 단단합니다."

본인의 어깨를 툭툭 내려치며 자신만만한 표정을 짓는 K.

밥 마리오 감독을 향해 싱긋 미소까지 날렸다.

'그래, 저 녀석이라면……'

마리오 감독의 눈빛이 빛났다.

상식적인 경기 운영은 이미 벗어나 버린 상황.

선발로 나섰던 크릭만큼이나 많은 이닝을 소화한 K였다.

오늘까지 K를 타석에 세우는 것은 있을 수 없는 판단이다.

하지만 K가 보였던 엄청난 타격 능력이 다시 한 번 빛을 본다면 얘기는 달라진다.

"우익수 수비 가능하겠나?"

"예, 가능합니다."

달리 선택할 방법이 없는 상황에서 어제와 같은 상황을 K가 연출해 낼 수도 있다고 생각했다.

대답만큼은 시원시원한 K.

투수가 다른 포지션에 들어가는 일이 아예 없지는 않았다.

물론 아마추어 경기 때나 가능한 경우지만 말이다.

트리플A 경기에서는 해괴한 일로 비춰질 게 빤하다.

"나가 봐."

"감사합니다~"

"타임!"

오른쪽 팔을 높이 치켜들며 타임을 외치는 밥 마리오 감독.

타석에 들어서던 우익수 로저 카인이 영문을 모른 채 뒤를 돌아보았다.

"타자를 바꾸겠소!"

주저하지 않고 주심을 향해 사인을 보내는 마리오 감독.

"가, 감독님."

전혀 예상하지 못한 로저는 말까지 더듬거렸다.

물론 대타 타임 정도는 눈치챘다.

그러나 자신을 대신할 만한 선수가 한 명도 없다는 것쯤은 알고 있었다.

"저 자식 미친 거 아냐?"

"스테로이드라도 먹었나……."

"누가 좀 말려 봐."

덕아웃 내 선수들이 웅성거렸다.

타격감 좋은 투수들을 가끔 대타로 내보낼 때도 있기는 했다.

하지만 지금은 대타 정도가 아니라 수비까지 고려해야 하는 상황이다.

더욱이 K는 어제 경기도 무리하게 진행했었다.

감독 선에서 알아서 제지를 가해야 하는 상황이 맞았다.

부웅! 부웅!

다른 선수들의 걱정을 뒤로하고 타석에 선 K.

헬멧을 바로 쓰고 방망이를 여유 있게 휘두르고 있었다.

"정상이 아니야."

"괴물이지."

"그래! 멋진 괴물이야."

"K! 큰 거 한 방 부탁해!!"

K가 타석에 서자 약간 축 처진 듯했던 덕아웃에 활기가 돌았다.

'보는 것만으로도 든든해. 저 동양인 꼬마가 팀원들을 하나로 모으고 있어……'

오래전 식어 버렸던 잭 윌리엄의 심장이 뜨거워지기 시작했다.

잊어버리고 지냈던 메이저리그 무대.

잭 윌리엄의 머릿속을 가득 채우는 한 장면.

'K, 저 녀석과 함께라면……'

포기했던 메이저리그를 향한 자신의 삶에 단비가 내리는 듯한 기분이 밀려왔다.

마치 기적이 일어난 것처럼 말이다.

십수 년 전 처음 드래프트로 메이저리그 부름을 받았을 때의 그 느낌과 흡사했다.

화르르르.

심장 깊은 곳에서 시작해 온몸을 뜨겁게 달구기 시작한 기운,

그 어떤 난관도 헤쳐 나갈 자신감이 고개를 들고 있었다.

"나, 나왔다! 오옛!!!"

들고 있던 카메라 렌즈에 강민의 모습이 잡혔다.

그 모습을 확인한 정아람이 오른손 주먹을 강하게 쥐었다.

일반 관중보다 더 운동장에 가깝게 자리 잡은 포토존.

타석에 선 당당한 강민의 모습을 클로즈업했다.

"저 선수는 뭐야?"

"K? 얼굴도 없는 선수잖아?"

"갈 데까지 간 모양이야. 마리오 감독도 이젠 한물갔어."

전광판에 나타난 강민의 이니셜 K.

여전히 얼굴도 없이 달랑 K라는 글자만 흘려 보내지고 있었다.

그 광경을 지켜보던 포토존 뒤쪽 관중석에서 웅성거림이 일었다.

"와! 어제 그놈이다!"

"역전패시켰던 프레즈노 구원투수?? 맞네!!"

"맞아! 저 자식이 그놈이었어!"

"우우우우우우우우!"

썰물처럼 관중석에서 일어난 야유는 그라운드로 쏟아졌다.

지역 라이벌답게 중계방송을 보았던 일단의 관중이 선동

한 것이다.

'쳇, 그런다고 민이가 눈 하나 깜짝할 것 같아?'

그 소리를 듣던 정아람의 기분이 좋지 않았다.

하지만 속으로는 비웃음을 날렸다.

스윽.

타석에 서서 배팅 자세를 잡고 있는 강민.

'뭔가 보여줘! 강민, 본때를 보여주라고!'

시간이 지날수록 진화하고 있는 강민이었다.

3년 전과는 또 다른 모습으로 성장해 있는 강민.

앞으로도 쭉 발전해 갈 것이다.

'히잉, 점점 멀어지는 건 아니겠지. 신경질 나!'

볼 때마다 조금씩 더 멋있어지고 있었다.

정아람도 그 면은 적극 추천하는 바다.

하지만 강민 주변으로 몰린 무수한 팬들을 생각하면 머리에 쥐가 날 지경이었다.

한국에 있을 때 보았던 주변 여성들이야 더는 신경이 쓰이지 않았다.

그러나 물이 바뀐 만큼 또 다른 고민거리가 생길 게 빤했다.

"데리! 저 녀석 잡아버려!"

"깔끔하게 처리해!!!"

관중석을 채우고 있는 무리는 대부분이 열성팬들.

지역 라이벌전임이 실감 났다.

"데리! 데리! 데리!"

짝짝짝짝짝.

강민을 잡아채기 위한 상대팀의 무기 데리.

그의 이름을 연호하며 관중석은 일제히 거대한 파도처럼 술렁였다.

쇄애애앳.

퍼어엉!

"와아아아아아아!"

"좋았어!"

깔끔하고 반듯하게 안쪽 코스로 파고드는 직구 하나.

전광판에 찍히는 94마일이라는 숫자.

7이닝까지 달려와서 막판 힘을 짜내고 있는 선발투수의 활약이 엿보였다.

실망시키지 않은 투수를 향해 환호하는 열성팬들의 모습.

스윽스윽.

첫 번째 공을 흘려보내고 두 번째 공을 받기 위해 방망이를 두어 번 휘두르는 강민.

투수와 강민 사이에 팽팽한 긴장감이 흘렀다.

그러나 느긋하고 여유있어 보이는 강민의 자세.

쇄애애애앳.

퍼어엉!

"우와와! 슬라이더가 90마일이야!"

"데리! 미친 거 아냐! 하하하하하!"

포수 미트에 초근접한 지점에서 휘익 하고 꺾이는 고속 슬라이더.

살짝 밑으로 빠진 것 같아 보이기도 했다.

하지만 주심은 주저하지 않고 스트라이크를 선언했다.

'민아!'

쿵! 쿵! 쿵!

상황을 지켜보던 정아람의 가슴이 속절없이 뛰었다.

어제 있었던 경기에서 많은 이닝을 무리 없이 소화했다.

이어 오늘까지 대타로 출전해 기대를 한몸에 받고 있는 강민.

이래 봬도 스포츠에 있어 해박한 지식을 갖고 있는 정아람이다.

그런 그녀의 눈에 강민이 스트라이크를 먹자 속이 답답해지고 있었다.

스윽 부웅!

강민은 흔들림이 없다.

마지막 한 번의 투구가 남아 있다.

다시 한 번 방망이를 휘두르며 자세를 잡았다.

처억.

포수가 던진 공을 받은 데리 토빈.

마지막 투구 사인을 포수와 주고받았다.

끄덕.

두 번의 사인을 교환한 데리 토빈이 고개를 끄덕였다.

휘익.

부드러우면서도 쾌속한 자세로 거침없이 공을 뿌렸다.

쇄애애앳.

데리의 손을 떠난 야구공은 빠르게 공간을 가르며 날았다.

찰칵찰칵.

회사에서 지급한 고급 카메라의 렌즈에 시선을 고정한 채 연속 셔터를 눌렀다.

자칫 중요한 순간을 놓칠 수도 있는 상황.

"……!!"

정아람은 분명히 보았다.

빠른 속도로 날아드는 공을 향해 차가운 미소를 띤 강민의 모습.

'안 돼!'

누가 봐도 날아가는 공은 스트라이크가 아니었다.

바깥쪽으로 쭉 빠지며 방향을 트는 공.

파아아앙!

강민의 방망이가 바깥쪽으로 빠지는 공을 향해 그대로

휘둘러졌다.

따아악!

강하게 내려친 방망이에서 경쾌하고 타격음이 울렸다.

피이이이이잉.

"헛!"

정아람은 자신도 모르게 신음을 터뜨렸다.

좌측 펜스를 향해 쭉쭉 뻗어나가는 공.

퍼어어어엉!

"아악!"

"저, 저런……."

"저, 전광판이……."

라스베이거스 피프티원스 팬들의 입에서 비명에 가까운 경악성이 터져 나왔다.

펑! 퍼버벙!

불꽃이 튀었다.

야밤의 불꽃놀이가 따로 없었다.

강민이 후려친 야구공이 외야 잔디밭을 넘어 좌측에 위치한 전광판 중앙을 그대로 때리고 들어갔다.

곧바로 터지기 시작한 전기 불꽃.

턱턱턱.

아랑곳하지 않고 묵묵히 그라운드를 도는 강민의 발걸음이 경쾌했다.

"……."

대신 관중석을 비롯한 운동장의 분위기는 침묵이 흘렀다.

지금껏 그 어떤 타자도 박살 낸 적이 없었던 캐시맨 필드의 전광판이 불꽃을 튀기고 있었다.

어제 경기는 시작에 불과한 듯한 불길한 예감이 감돌았다.

괴물이 분명한 프레즈노 그리즐리스의 뉴페이스 K.

새로운 회색 곰의 출현에 제대로 얻어터지고 있었다.

"민아… 흑!"

야유를 퍼붓던 관중을 일시에 침묵하게 만들어 버린 강민.

단 한 번의 방망이질로 야구 괴물의 진수를 보여주고 있었다.

정아람은 가슴속에서 솟구치는 감동에 울컥 눈물이 쏟아질 것 같았다.

혼자 보고 감동하기에는 너무 아까운 순간.

강민이 같은 한국인으로서 무한히 자랑스러웠다.

"으아아아아아! K 만세!!!"

"K! K! K!"

프레즈노의 덕아웃.

이제는 나를 지칭하는 공식 구호가 되어 버린 K를 연호하며 동료 선수들이 환호했다.

그라운드를 한 바퀴 돌고 난 후 덕아웃으로 향했다.

"……."

반면 조금 전까지만 해도 아우성치던 라스베이거스 피프티원스 홈 팬들은 입을 꽉 다물었다.

"완전 멋있었어!"

"넌 프레즈노의 진정한 회색 곰이야!"

"결심했어, 오늘부터 난 너의 팬이다! K!"

탁탁탁.

하이파이브를 해오는 동료들과 파이팅을 다졌다.

점수는 3 대 3.

'이제 시작인데 그렇게 억울한 표정 짓지들 마셔~'

마운드에 서서 허탈한 표정으로 나를 째려보는 피프티원스의 선발 투수.

확실히 바깥쪽으로 공을 뺐다.

그러나 나는 그 정도 공간의 제약은 받지 않았다.

선명하게 눈에 들어오는 공의 날아오는 궤적과 정확한 타격점.

내공까지 사용할 필요도 없었다.

근육의 힘만을 써서도 장외 홈런 정도는 거뜬히 가능했다.

집중 훈련의 일환으로 두툼한 장작 도끼로 손톱만 하고 단단한 차돌을 수없이 두 쪽으로 쪼개본 나였다.

그 순간 사용되었던 초고도의 집중력이 나에게는 있었다.

그만큼 작은 야구공도 수박통 정도 크기로 보이는 먹잇감에 불과했다.

'난 내 길을 간다! 그 누가 뭐라 해도 말이다.'

설악산에서 왜 그토록 탈출을 꿈꿨던가를 다시 되새겼다.

돈도 중요했고 명예도 중요했다.

하지만 더 중요한 것은 나를 위한 삶을 살고 싶었다.

나에게 주어진 능력을 최대한 인생에 환원하며 살아가는 삶.

언제까지나 사기꾼 양 도사 밑에서 노인네 수발이나 들며 인생을 종칠 수는 없었다.

두려울 게 없었다.

물론 그 삶에 돈과 명예가 함께 따라준다면 더할 나위 없이 반가운 일이다.

정당한 경쟁 관계에서 룰을 지키며 쟁취하는 한판의 승부.

스포츠 세계는 냉정하지만 그래서 더 쿨하고 좋았다.

아메리카까지 건너와서 낙오자가 될 내가 아니다.

나의 미래와 동료들을 위해 기꺼이 휘두른 배트.

나를 선택한 마리오 감독과 동료들을 향해 쏟아지던 라스베이거스 사람들의 야유 섞인 함성.

이름도 없는 나를 향해 던지는 돌이 아니었다.

프레즈노 선수들을 포함한 홈팬들과 나.

모두를 향해 야유를 퍼부은 이들을 단 한 방의 홈런으로 입 다물게 했다.

나는 동료들과 하이파이브를 한 차례 하고 다시 덕아웃 밖으로 걸어 나왔다.

그리고 헬멧을 벗었다.

파바바밧.

일제히 1만 관중의 시선이 나에게 쏟아지는 것이 느껴졌다.

척.

허리를 곧게 펴고 정중하게 차렷 자세를 취했다.

스으윽.

그리고 정확하게 90도로 천천히 허리를 꺾으며 고개를 숙였다.

'한 번 겪어보십시오. 앞으로 잘 부탁합니다.'

양 도사가 한 말이 있었다.

사람이 발전하기 위해서는 쓴소리를 하는 사람들을 가까이 두는 것이라 했다.

그 역할을 본인이 하고 있으니 감사하라고 하면서 말이다.

상황은 좀 달랐지만 피프티원스 팬들과 라스베이거스 주민들이 던지는 야유와 비웃음도 그런 맥락에서 받아들여보기로 했다.

살면서 한 번쯤은 큰물에서 승부를 내보고 싶었던 나다.

지금 나는 이유 없이 미움을 살 수도 있는 여건에 놓여 있었다.

프레즈노 그리즐리스가 그간 보여왔던 행보와는 달리 바닥을 기고 있는 상황.

게다가 기회를 잡은 피프티원스로서는 느닷없이 출현한 내가 반가울 리 없었다.

오늘은 적으로 만났지만 세상일은 아무도 모르는 것이다.

내일은 꼭 내 편으로 만들고 싶었다.

결코 웃는 얼굴에 침 못 뱉는다는 대한민국의 속담이 있지 않은가.

사람이 모인 자리 그 어디를 가도 결국은 비슷비슷하게 흘러간다고 했다.

나는 진심으로 고개를 숙였다.

그들이 어제까지 의심하지 않고 품었던 승리.

그 꿈이 가속도를 내며 날아가고 있는 판이다.

그러니 라스베이거스 피프티원스 팀 응원 관중을 위한 경의를 표하는 것은 당연했다.

허리를 꼿꼿하게 다시 세웠다.

파밧!

그 순간 눈앞에 펼쳐진 광경.

"와아아아아아아아!"

"K! K! K! K!"

짝짝짝짝짝.

관중석을 메운 수많은 사람이 박수갈채를 보내며 일제히 자리에서 일어섰다.

꾸벅.

그들을 향해 다시 한 번 정중하게 인사를 한 후 덕아웃으로 들어왔다.

"드래곤 K! 드래곤 K!"

몸을 돌리자 덕아웃에 앉아 있던 동료들이 외쳤다.

뜻도 없던 나의 이름 앞에 수식어가 붙어 있었다.

'젠틀맨도 아니고……. 후후.'

하지만 기분 나쁘지 않았다.

메이저리그에 등장한 몬스터 K.

앞으로 라운드 위에서 무수히 듣게 될 나의 이름이었다.

"저, 저런 말도 안 되는……."

"드래곤 K! 드래곤 K!"

짝짝짝짝.

라스베이거스 피프티원스 팀의 골수팬들이 앉아 있는 관중석에서 들려오는 소리였다.

K가 보인 단 한 번의 행보에 열광하며 환호하고 있었다.

홈 전광판을 때리면서 10만 달러 이상의 손해가 발생했다.

그러나 관중은 개의치 않았다.

묘한 감동을 안겨준 K의 행동이 그들의 마음을 움직이고 있었다.

라스베이거스 피프티원스 프랭크 호킨스 감독은 허탈한 표정을 지었다.

바로 방금 전까지만 해도 홈팀을 응원했던 팬들이었다.

"감독님, 데리를 저대로 두실 겁니까……."

피프티원스 투수 코치가 조용히 입을 열었다.

전의를 상실한 채 마운드에 서 있는 팀 선발 투수.

"클리프 올려 보내."

"알겠습니다."

'무서운 놈이다. 방금 전 타격은 본즈도 날리기 힘든 공이었어.'

프랭크는 머릿속이 복잡해지는 것을 느꼈다.

어제 예기치 않게 맛봤던 두려움이 스멀스멀 다시 고개

를 쳐들기 시작한 것이다.

투수가 아무리 타격감이 좋고 뛰어나다 해도 팀 내에서 보호하기 나름이다.

웬만해서는 다시 K를 대타로 내보지 않는 게 맞았다.

더욱이 이번 대타석은 투수 타석도 아니고 우익수와 교체되는 자리였다.

어제는 투수로 활약을 했던 K가 장외 홈런을 터뜨렸다.

그것도 아주 멋진 홈런을.

"……."

급기야 홈팬들의 시선까지 사로잡았다.

피프티원스 선수들의 표정도 굳어지기는 매한가지.

지금까지 겪어왔던 회색 곰들과는 격이 다른 K의 행보에 기가 꺾인 것이다.

"휴우……."

프랭크 감독 입에서 한숨이 새어나왔다.

야구는 난세 경기.

그만큼 분위기를 타는 스포츠 중 하나다.

이렇게 일순간 분위기가 정체돼 버리면 답이 없었다.

"다들 뭐해! 수비하는 동료들한테 파이팅이라도 외쳐 줘!"

그나마 마이너리그는 감독의 권한이 어느 정도 살아 있는 무대였다.

프랭크 호킨스 감독은 동료 선수들에게 애써 파이팅을 주문했다.

"파, 파이팅!"

"아자자자!!!"

패기 넘치던 에너지는 온데간데없는 피프티원스 덕아웃의 광경.

고작 들리는 소리는 몇 명의 파이팅 소리에 불과했다.

"K! K! K!"

하지만 관중석에서 들려오는 K를 연호하는 함성은 멈출 줄 몰랐다.

묘한 중독성까지 풍기고 있는 K.

캐시맨 필드를 미친바람처럼 구석구석에서 휩쓸고 있었다.

어제 처음 등판한 회색 곰.

이틀 만에 프레즈노를 거쳐 라스베이거스까지 바람을 일으키고 있었다.

피프티원스 홈팬들까지 사로잡고 있는 K.

진정한 그라운드 드래곤의 등장을 알리고 있었다.

퍼엉!

"포볼!"

9회 초 원아웃 무주자 상황에서 다시 타석에 들어선 K.

라스베이거스 피프티원스 배터리는 바깥으로 완벽하게 공을 뺐다.

그렇게 K를 걸러낸 상황.

"우우우우우우! 우우우우우우!"

"겁쟁이들아, 정면 승부해야지!!!"

"에이, 무식한 회색 곰만도 못한 놈들!"

홈팬의 일방적인(?) 야유가 라스베이거스 피프티원스 팀에게 쏟아졌다.

무한 신뢰와 관심을 쏟아내던 피프티원스 홈팬들이 돌변했다.

불과 몇 분 전까지만 해도 대단한 애정을 보이던 그들이 단 한 명으로 인해 홈팀에 야유를 퍼붓고 있었다.

턱턱턱.

가벼운 걸음으로 1루에 안착한 K.

신인들이 범하기 쉬운 잘난 체의 오류 같은 것은 범하지 않았다.

얼굴 표정은 거의 모든 순간 차분함을 유지하고 있었다.

간간이 입술에 번지는 미소 정도가 다였다.

인종 차별이 아직 남아 있는 미국 백인들에게까지 어필될 만한 모습을 계속해서 유지하고 있었다.

'대단해! 이대로 가면… 전설이 될지도 몰라……'

지금껏 그 누구도 이루지 못한 야구의 전설을 만들어낼

수도 있었다.

본래 마이너리그에서 구단 홍보팀 직원까지 원정에 따라 나서는 경우는 드물었다.

시간과 거리에 있어 일반 직원, 특히 여성들이 동행하기에는 무리가 따랐다.

트레이너와 코칭스태프.

클럽 매니저와 한두 명 정도의 클러비들이 동행하는 정도가 다였다.

제인 루시아는 이번 원정에 자청해서 합류했다.

명색이 프레즈노 그리즐리스 홍보팀장.

야구광이었던 아버지 덕에 자연스럽게 야구를 접한 게 그녀의 인생에 있어 큰 행운이었다.

장애가 있었다면 제인 루시아에게는 성별이 문제였다.

멋모를 때는 야구인이 꿈이었다.

자신이 여성이기 때문에 위대한 메이저리거가 될 수 없다는 사실을 깨닫는 데 많은 시간이 필요치 않았다.

처음에는 배신감이 들었지만 담담하게 의대를 진학했고 최선을 다했다.

졸업을 한 후 과감하게 구단 홍보팀에 입사했다.

그녀를 오랫동안 지켜봐 온 아버지도 말리지 않았다.

무남독녀 외동딸인 제인을 위해 평생 먹고살 정도의 재산은 이미 마련돼 있었다.

되레 후에 구단과 농장을 인수해 지역 유명인사가 되는 것을 적극 추천했다.

전폭적인 아버지의 지원하에 프레즈노의 홍보팀장이 된 제인 루시아.

입사 후 처음 보게 되는 대형 신인의 등장이었다.

가슴이 뜨거워지고 머리에서 스팀이 올라올 정도의 감동이 밀려왔다.

'이 정도면 완벽해! 사람들의 마음을 움직이고 있어. 실력도 뛰어나고…….'

체격도 좋은 데다 어학 능력에 매너까지 받쳐주었다.

짧은 시간 안에 적의를 보이던 상대팀의 홈팬들 마음까지 사로잡았다.

누가 봐도 완벽한 스타의 등장이 아닐 수 없었다.

야구에 보이는 제인의 관심은 그 누구에게도 지지 않을 만큼 열정이 넘쳤다.

선수들의 투구 폼과 타격 폼만 봐도 잠재돼 있는 가능성을 어느 정도 파악할 수 있는 제인 루시아.

K를 봤을 때 그는 발광하는 원석 그 자체였다.

한 방의 홈런으로 원정팀 전광판을 박살 내버린 K.

후에 그가 보인 동양인 특유의 예의 바른 모습은 관중석을 가득 채운 사람들의 마음까지 사로잡았다.

급기야 상대팀의 골수팬들까지 휘어잡은 그의 행동.

1루에 안착한 뒤에도 건방진 태도 같은 것은 전혀 보이지 않았다.

어제 처음 경기에 임했을 때와 크게 다르지 않은 모습이었다.

가끔 눈에 띄는 대형 신인이 나타나기도 했다.

대단한 실력으로 그라운드를 휘젓기도 했지만 그들이 대형 스타로 크는 경우는 드물었다.

잠깐 대중의 사랑을 받기는 했다.

그러나 거만한 그들의 태도와 스스로 영웅으로 착각하는 사고가 그들 자신의 미래를 가로막기 일쑤였다.

당연히 그들의 모습을 지켜보는 팬들은 눈살을 찌푸렸다.

또 눈에 띄는 그들의 행동은 팬들로 하여금 등을 돌리게 했다.

쉽게 끓어오른 만큼 대중의 사랑은 빨리 식었다.

그리고 생각보다 보수적인 야구팬들의 성향도 한몫했다.

K는 그런 미국 팬들의 성향을 어느 정도 간파한 듯했다.

동양인에 대해서 막연하게 예의를 따진다는 인식을 갖고 있는 미국인들.

그런 인식이 강한 미국인들에게 K가 보인 행동은 그에 관련한 데이터베이스가 없는 팬들에게 강하게 어필이 된 듯했다.

잠깐 반짝하다 사라질 신인이 아니었다.

이미 팬들은 오래 살아남은 대형 스타들이 보였던 모습을 K를 통해 다시 한 번 확인하고 있는 셈이었다.

쉬이잇.

"아!"

타다다다다닥.

"와아아아아아아아아!"

제인은 경기가 진행되는 과정을 하나도 빠뜨리지 않고 지켜보았다.

그사이 타석에 들어선 타자를 향해 투수가 일구를 뿌렸다.

그때까지 리드 폭도 얼마 잡지 않고 있던 K가 엄청난 속도로 내달려 2루 베이스를 찍었다.

순식간 미트에 꽂힌 공.

포수는 다시 공을 빼 들고 2루를 노렸다.

하지만 2루 베이스에 여유 있는 표정으로 버티고 서 있는 K.

포수는 일순간 멍청한 표정이 되었다.

'스, 스피드가 엄청나다.'

투수가 타석에 뿌린 공은 직구였다.

투구 동작 자체가 빠르고 정확해 도루 타임으로는 적당하지 않았다.

라스베이거스의 포수 또한 어깨의 힘이 강하기로 소문이
자자한 선수다.

도루 저지율이 뛰어난 선수.

그 모든 상황을 무시하고 2루 베이스를 점령해 버린 K였
다.

"K~!!!"

"사랑해요! 멋쟁이~!!"

"드래곤 K! 드래곤 K!"

이미 K를 지칭하는 수식어는 굳어져 버린 것 같았다.

그의 이름이 발음하기 힘든 것은 사실이었다.

본의 아니게 실수로 얻게 된 그의 별칭.

그 어떤 마케팅보다도 더 강하게 팬들의 머릿속에 각인
되는 효과를 얻었다.

휙.

터억.

피프티원스 마무리 투수 조나단 리.

포수가 던진 공을 잡았다.

피프티원스의 주전으로 몇 년 전부터 뉴욕 메츠와 계약
을 맺고 활동하고 있었다.

당연히 40인 로스터에 포함되어 있는 인물로 싱커 볼과
커브 볼을 주무기로 사용했다.

스윽.

와인드업 자세에 들어가는 조나단.

여기서 프레즈노 그리즐리스 타자가 안타라도 터뜨리면 역전 점수를 내게 된다.

하지만 피프티원스 팀에게는 다행일 수도 있는 상황.

프레즈노에서 내보낸 타자는 타격 능력이 좋은 선수가 아니었다.

휘이이익.

마무리 투수 조나단이 투구 자세를 갖춘 후 힘껏 공을 뿌렸다.

"……!!"

타다다다닥.

그때 K가 움직였다.

투수가 공을 던지려는 찰나 거의 동시에 발을 뗀 K.

2루 베이스를 스타트해 3루로 돌진했다.

"와아아아아아!"

또다시 어마어마한 함성이 울렸다.

터억!

쇄애애앳.

날아오는 공이 아닌 달리는 K에 시선을 빼앗긴 타자.

그사이 투수의 공은 포수 미트 안으로 빠져들었다.

직구로 날아든 공을 잡아챈 포수가 3루를 향해 힘껏 공을 뿌렸다.

촤아아아앗.

순식간에 벌어진 광경.

슬라이드로 3루 베이스를 향해 미끄러져 들어온 K.

"세~ 이프!!!"

3루심이 양쪽 팔을 빠르게 펼쳤다.

"드래곤 K~!"

"와아아아아아아아아아아아!"

예상치 못한 K의 연속 도루에 관중석은 들끓기 시작했다.

다다다다다닥.

들고 있던 것들을 모조리 사용해 흥분을 표출하는 관중.

물병을 두들기고 의자를 잡아 흔들며 광분을 감추지 못했다.

마무리에 나선 조나단 리와 포수는 멍한 표정으로 K를 응시했다.

슬라이드로 3루를 찍은 K는 몸을 일으키고 유니폼에 묻은 흙을 털어내고 있었다.

"미, 미쳤어! 이건 있을 수 없어!"

누가 봐도 도루 타임이 아니었다.

그렇다고 리드 폭을 많이 잡고 있지도 않았다.

눈 깜짝할 사이에 이루어진 3루 훔치기,

그 광경을 다 지켜본 제인 루시아는 벅찬 감동에 몸을 떨었다.

마치 황홀경에 빠졌다 나온 듯한 그윽한 눈빛으로 K를 바라보았다.

어느새 맞잡은 두 손.

지금껏 수많은 야구 스타들을 봐왔다.

그중 어느 한 사람도 이렇게까지 제인 루시아의 마음을 사로잡지는 못했다.

단연 최고의 야구 스타로 제인의 마음을 파고드는 K.

"K! K! K!"

함성을 질러대는 관중에 섞여 제인 루시아도 팔을 치켜올렸다.

주먹은 단단히 쥔 채 K를 연호했다.

거대한 흐름을 거부할 수 없었다.

사람이면 K를 향한 수만 관중의 파도에 함께 동조할 수밖에 없었다.

K는 마치 마약 같다는 생각이 들었다.

거부할 수 없는 유혹으로 사람들을 끌어들이고 있었다.

야구장에 모인 1만 관중 모두가 그의 이름을 부르짖게 하고 있었다.

"K! K! K!"

'뭐 이 정도 가지고~ 큼큼.'

턱턱.

3루까지 무한 질주를 한 후 숨을 골랐다.

사실 슬라이딩까지 하지 않아도 충분히 세이프를 받을 수 있었다.

하지만 팬 서비스 차원에서 살짝 몸을 날렸다.

너무 완벽해도 인생이 재미없지 않겠는가.

마음만 먹으면 매 타석에서 홈런을 날릴 수도 있었다.

그러나 그렇게 되면 보는 이들도 흥미가 떨어질 것이다.

적당히 물 타기를 실시해야 한다.

계속된 도루를 진행하는 것도 그중의 한 일환이다.

현재 프레즈노는 물 타선.

그들을 승리의 반석 위에 올려놓기 위해 홀로 뛰는 야구를 해야 했다.

'삼진만 당하지 마라.'

처저적.

내야수들이 슬슬 전진 수비에 나섰다.

3루까지 흘려보낸 나를 홈에서 잡겠다는 계획이었다.

처억.

라스베이거스 피프티원스 마무리 투수 조나단은 더 이상 나를 염두에 두지 않았다.

포수가 던진 공을 잡고 사인을 주고받는 조나단.

곁눈실로 살짝살짝 나의 움직임을 살피며 투구 자세를

잡았다.

사삿.

나는 살짝 3루 베이스에서 발을 벌려 리드 폭을 잡았다.

어차피 모두가 예상하고 있는 승부처였다.

'생각보다 재미있단 말이야.'

내 수준에 스릴까지는 아니었지만 나름 재미가 있는 경기였다.

스무 명이 넘는 선수가 치고받는 승부의 세계.

한 명 한 명이 뿜어내는 열기가 그라운드를 뜨겁게 달구었다.

그러면서 들썩들썩 기의 파동을 일으켰다.

'오늘까지 6타석에 홈런이 두 개, 나머지는 모조리 안타……'

도루 두 개를 포함하면 곧 보너스 지점이다.

'얼마 남지 않았다. 보너스여 기다려라!'

꼼꼼하게 작성된 계약서 옵션 사항들을 떠올렸다.

중간 계투도 상관없었다.

꼭 선발이 아니어도 보너스를 챙길 수 있는 여지는 많았다.

중간 계투나 마무리로 뛰어도 무실점으로 루트를 틀어막으면 된다.

1이닝당 1만 달러였고, 50이닝 이후부터는 1이닝당 10만 달러로 급등한다.

메이저리그나 마이너리그 상관없이 같은 조항으로 적용이 되는 계약이다.

한 번도 본 적이 없는 조항들이었음에도 흔쾌히 수락했던 샌프란시스코 자이언츠.

적잖은 수익을 창출해 낼 수 있는 나를 이곳 마이너리스에서 썩게 하고 있었지만 역시 상관없었다.

자신들에게 얼마나 큰 손해가 되고 있는지 서둘러 깨닫기만을 바랄 뿐이었다.

마이너리그에서 뛰는 선수에게 몇 달 동안 수백에서 수천만 달러를 투자하는 꼴이 된다.

그런 불명예스러운 소리를 듣지 않으려면 서둘러 눈치채는 것이 좋을 것이다.

휘이이익.

쇄애애앳.

피프티원스 마무리 투수는 연속 직구를 던지며 그리즐리스 타자를 물로 보고 있었다.

현재 스코어 투 스트라이크 노볼.

'맞추기만 해라!'

아무리 그래도 투수가 포수에게 공을 던지는 사이 홈을 찍는다는 것은 무리가 있었다.

따악!

'걸렸다!'

속마음을 알기라도 한 듯 타자의 방망이에 투수의 공이 걸려들었다.

파바밧.

"K! 멈춰!!!"

3루 베이스 스타트를 끊는 동시에 3루 주루 코치가 소리 쳤다.

투수 앞으로 굴러가고 있는 평범한 땅볼.

타닷!

아무 생각 없이 느긋하게 서서 굴러오는 공을 바라보던 투수.

그제야 놀라 굴러오는 공을 향해 몸을 날렸다.

'늦었어 이 친구야~'

홈을 향해 달리는 나를 막기 위해 육중한 몸을 돌리는 포수.

미트를 벌린 채 태그 자세를 잡았다.

타다닷.

그렇다고 멈출 수 없었다.

먹이를 노리는 자칼처럼 온몸의 근육에서 활기가 뿜어져 나왔다.

그리고…….

퍼억!

앞을 가로막고 버티는 육중한 몸을 들이받았다.

벌러덩.

공을 잡긴 했지만 나를 태그 직전 사정없이 뒤로 나자빠진 포수.

"세, 세이이이입!"

심판의 우렁찬 세이프 판정

"와아아아아아아아아아아아!!!"

"드래곤 K 만세!!!"

짝짝짝짝짝짝짝.

자리를 박차고 일어선 관중.

만세를 외치거나 비명을 지르는 무리를 포함해 전체 관중석은 일순간 큰 파도가 되어 출렁였다.

그 한가운데 라스베이거스 피프티원스 홈팬들이 있었다.

터덧.

유니폼에 묻은 흙먼지를 털어냈다.

스으윽.

그리고 이번에도 역시 살짝 고개를 숙이며 관중석을 향해 인사를 했다.

짝짝짝짝짝.

아니나 다를까, 기다렸다는 듯 터져 나오는 박수와 환호성들.

'기다려라! 메이저여, 내가 간다!'

마이너리그에서 얻게 될 수확도 중요했지만 언제까지나 이 자리 머물러 있을 수만도 없었다.

길지 않은 시간 안에 소환될 메이저리그.

이틀 만에 이뤄낸 쾌거를 마주하고 있자니 슬쩍 기대가 됐다.

이왕 야구라는 세계의 물에 빠진 몸.

젖은 김에 후회 없이 메이저리그를 휘젓고 싶었다.

그 정도는 해야 직성이 풀릴 것이다.

제2장
비련의 여주인공

ⁿᵗᵈᴱᴵK

'욕망의 도시다워……'

완벽했다.

라스베이거스의 명물로 나를 인도한 제인 루시아.

6월에 접어든 라스베이거스의 공기는 프레즈노와 또 다른 분위기를 연출했다.

경기가 끝나고 늦은 저녁이 되었다.

바깥 공기는 딱 활동하기 좋은 상태였다.

시원하게 허벅지를 드러낸 제인.

자칫 촌스러워 보일 큼지막한 하트 모양을 이룬 꽃무늬가 페인팅된 스커트를 입고 나왔다.

상의는 광택이 나는 아이보리 바탕에 블랙 스프라이트 반팔 셔츠를 코디했다.

그리고 손에는 제법 큼직한 블루 컬러의 가죽 가방을 들었다.

자연스럽게 풀어헤친 갈색 머리카락이 어깨 위를 스치며 찰랑거렸다.

처음부터 제인과 저녁 데이트를 약속했던 것은 아니었다.

경기를 끝내고 클럽 하우스에서 대충 샤워를 하고 숙소로 돌아왔다.

구 라스베이거스 거리에 자리한 삼류 호텔방이 지정된 숙소였다.

경기가 끝난 직후 제인이 전화번호를 묻긴 했지만 당장 전화가 걸려올 줄은 몰랐다.

내가 깨어 있는 시간에 맞춰 안부 문자를 보내오는 예린이 말고는 딱히 전화가 울릴 일이 없었다.

저녁을 쏘겠다고 수선을 피우던 잭 윌리엄까지 뿌리치고 제인의 제안을 수락했다.

슈트 가방에서 버버리 플라워 꽃남방과 진갈색 투버튼 마이, 블랙 진에 브라운 컬러의 구두까지 모조리 꺼내 차려 입었다.

제시카와 아만다가 특별히 코디해 준 것들이었다.

누가 봐도 퍼펙트한 드레스 코디였다.

"여기가 라스베이거스에서 가장 화려한 벨라지오 호텔이에요."

"네……."

"저녁으로 생각해 둔 메뉴가 없다면 제가 안내할까요?"

두 눈동자를 빛내는 제인 루시아.

눈꼬리가 살짝 치켜 올라가 있었다.

화려하게 빛나는 온갖 형형색색의 네온사인에 그녀의 입술이 요염한 빛을 띠었다.

적잖은 신장에 잘빠진 몸매.

요즘 여성들은 기본적으로 키가 크고 자기 관리들이 뛰어나 어디서도 빠지지 않는 것 같았다.

제인 루시아 역시 다른 여성들 못지않게 그녀만의 매력이 있었다.

물론 외모는 제시카나 아만다보다 살짝 못했지만 보통 여성들 축에서는 충분한 외모였다.

그녀와 함께하는 욕망의 도시에서의 데이트.

뜻하지 않은 행운처럼 느낌이 나쁘지 않았다.

"오늘은 숙녀분 뜻대로 하십시오."

꾸벅.

고개를 살짝 숙여 보이며 장난스럽게 말했다.

베시시.

나의 농담을 받고 그녀가 활짝 웃었다.

"K, 여자 친구 있어요?"

'여기 사람들은 대놓고 돌직구를 날리는군.'

"아직 없습니다."

"어멋~ 정말요?"

파밧.

거의 환호성에 가까운 탄성을 지르는 제인 루시아.

누가 보면 뭐 대단한 이슈거리라도 생긴 게 아닌가 오해를 할 만했다.

바람둥이도 아닌데 주변에 끊이지 않고 나타나는 여성들.

분명 설악산을 떠나올 때만 해도 양 도사가 우려하는 일들은 생기지 않을 줄 알았다.

최대한 조용히 살고자 노력(?) 하지만 나를 향해 불어오는 잔바람들까지 피하기는 어려웠다.

이쯤 되면 어쩔 수 없이 흔들리는(?) 나의 입장도 누군가에게 살짝 이해를 받을 수도 있지 않을까.

그리고 만나게 되는 여성들마다 눈이 휘둥그레질 정도의 초특급 미모를 지녔다는 것도 특이할 만한 부분.

세상이 바뀐 만큼 미인들도 많았다.

알게 모르게 그 문화를 잘 누리며 살고 있었다.

유난히 미모의 여성들과의 인연이 깊은 나였다.

"호텔 야경이 근사하군요."

눈앞에 펼쳐진 야경이 꽤 볼만했다.

"그렇죠? 십여 개가 넘는 레스토랑이 있어요. 총객실이 3,933개라고 하니 대단하죠."

"규모가 엄청나군요?"

"맞아요. 자, 어때요? 이탈리아 요리부터 일식, 프랑스 요리, 중국 요리까지 꽤 먹을 게 많은 곳인데……. 이탈리아 요리 좋아해요?"

"전 아무거나 잘 먹어요. 루시아가 결정해요."

"일 년 전에 이탈리아 요리사가 바뀌었어요. 그 후로 이곳 라스베이거스에서는 이탈리아 요리가 꽤 유명해졌어요."

"그럼 이탈리아 요리로 하죠."

나 역시 루시아가 말하고 있는 것들 정도는 알고 왔다.

친절하게 나를 에스코트하며 관광 가이드처럼 설명해 주고 있었기 때문에 나서지 않는 것뿐이었다.

라스베이거스는 그뿐만 아니라 많은 관광 자원들을 갖고 있는 곳이었다.

대형 카지노를 포함해 다섯 개의 수영장, 피카소, 반 고흐, 모네의 그림 등이 걸려 있는 갤러리까지 다양한 문화를 즐길 수 있게 돼 있었다.

거대 분수교와 세계 최정상의 수중 곡예 쇼를 겸비한 테마 파크도 유명했다.

고작 인터넷을 뒤져 몇 가지 찾아본 것뿐이었지만 아주 모르는 것보다는 훨씬 루시아의 설명을 듣기가 편했다.

제인 루시아는 나름 동양 촌놈인 나를 위해 라스베이거스의 명물로 특별히 나를 데려온 것이다.

"그럼 씨르코로 가실까요?"

나는 자연스럽게 제인에게 다음 코스를 언급했다.

"K, 씨르코를 아는 거예요?"

의아하다는 눈빛으로 제인이 나를 쳐다보았다.

"하하, 여행하기 전 여행지 맛집을 검색하는 건 기본이죠."

"아! 그렇군요."

그제야 이해가 되었다는 듯 고개를 끄덕였다.

"대한민국 서울에 가장 맛있는 중국 요리점이 있습니다. 기회가 되면 초대하겠습니다."

"좋아요, 약속 잊지 마요."

하얗게 빛나는 치아를 드러내며 환하게 웃는 제인의 미소가 달콤해 보였다.

촤아앗! 촤아아아앗!

라라라♬.

벨라지오 호텔 입구에 다다랐을 때 세계적 명물이 분수가 눈에 들어왔다.

마침 대형 분수 쇼를 알리는 음악이 흘러나오고 있었다.

실재 에펠탑을 축소해 옮겨 놓은 듯한 조형물 옆으로 힘차게 치솟는 거대한 물기둥.

'아메리카 스타일.'

솟구치는 물기둥도 물기둥이지만 전체적으로 스케일이 대단했다.

뿜어져 올라간 거대 물기둥이 폭포수를 일으키며 쏟아져 내렸다.

그 광경은 도시의 무더위를 한순간 날려 버릴 만큼 시원했다.

저벅저벅.

또각또각.

루시아를 앞세우고 걸음을 옮겼다.

설악산 촌놈 강민이 세계에서 첫 번째 가는 욕망의 도시에 발을 들이는 순간이었다.

그것도 가장 깊은 심장부에 입성한 것이다.

이 밤이 지나기 전에 좀 더 뜨거운 뭔가가 나를 흥분시킬 것 같은 예감이 들었다.

뒷목에 느껴지는 짜릿짜릿한 그 무엇.

머리끝부터 발끝까지 팍팍 스치고 지나갔다.

"지, 진짜 이러기야 강민! 언제 또 저런 백여시를 꼬신 거야!"

프레즈노 선수들이 숙소로 정한 호텔에 방을 정하고 짐을 푼 정아람.

적당한 때를 맞추기 위해 기다리고 있었다.

최대한 자연스러운 만남을 연출하는 게 키포인트.

정아람 수준에 최선을 다한 코디로 로비에서 서성이기를 몇 십 분.

얼마의 시간이 흘렀을까.

예상했던 대로 그가 나타났다.

기본적으로 외모가 받쳐준 데다 깔끔한 정장 차림으로 나타난 강민.

정아람이 입가에 환한 미소를 지은 채 막 걸음을 옮기려는 순간이었다.

지금까지 못 봤던 백인 여성 한 명이 강민에게 다가갔다.

'호적에 잉크 겨우 마를 녀석이!!'

이제 고작 스무 살밖에 되지 않은 강민이었다.

제시카 로엘이 아니었다.

그녀보다 살짝 덜한 외모였지만 역시 눈에 확 띄었다.

워낙 피부가 환한 데다 갈색 머리를 자연스럽게 풀어헤쳐 편안한 인상을 주고 있었다.

정아람은 명함도 내밀 수 없을 만큼 기럭지가 우월했다.

바로 코앞에서 강민을 낚아채간 의문의 여성.

순간 화르르 치솟는 열기가 심장을 태울 것만 같았다.

곧장 택시를 잡아타고 뒤쫓아 라스베이거스의 대형 호텔까지 따라왔다.

촤아앗 촤아아아아아앗.

속도 모르고 아름답게 울려 퍼지는 대형 분수 쇼의 음악.

정아람은 하늘 높이 치솟는 물기둥을 노려보았다.

"돈이 썩어나요. 왜 사막 한가운데서 물쇼를 하고 지랄이야. 흥! 흥!"

괜히 신경질이 쭈뼛쭈뼛 올라왔다.

멀쩡하게 차려입고 나왔지만 거추장스럽게 느껴졌다.

그럼에도 두 눈은 처음 보는 백인 여성과 함께 걷고 있는 강민을 놓치지 않았다.

'어디까지 하나 한 번 해보자!'

시간이 흐를수록 더욱 강해지는 자존심.

눈에 띄지 않게 거리를 유지하며 정아람은 발길을 옮겼다.

이판사판 공사판이었다.

여기까지 와서 포기할 것 같았으면 시작도 안 했을 것이다.

나이도 먹을 만큼 먹은 상황에서 물불 가릴 처지가 아니었다.

또각또각또각.

평소 신을 일이 없었던 힐이 짜증을 더했다.

편안 운동화에 적응이 돼 있는 발.

두 사람을 쫓는 게 여간 힘들었다.

불안한 걸음으로 벨라지오 호텔 정문으로 들어선 정아람.

'하아, 신혼여행 오면 딱이겠다~'

그 틈에도 정아람은 강민과 미래를 상상하며 잠깐의 행복을 꿈꿨다.

이런 곳에 강민과 함께 신혼여행을 온다면 여한이 없을 것 같았다.

더 이상 미룰 수도 포기할 수도 없는 강민을 향한 도전.

정아람에게는 끝까지 포기해서는 안 될 꿈같은 것이었다.

'기다려! 신토불이란 것이 있다!'

여우짓을 해야 한다면 자신도 충분히 가능하다고 생각했다.

사람이 인연을 해야 한다면 그 또한 신토불이가 최고였다.

종종걸음을 옮기는 정아람.

강민과 갈색머리를 찰랑거리며 걷는 여성의 뒤를 밟았다.

"단장님……."

"젠장, 그 녀석의 정체가 뭐야!!"

"……"

"어떻게 9점이나 벌어진 점수를 등판하자마자 뒤집어 놓을 수 있지?"

"그건……."

"그리고 타석에서도 6타수 2홈런이야. 그뿐인가! 3안타에 볼넷 하나로 100퍼센트 출루율이라니……."

"…투수로서도 퍼펙트 그 자체였습니다."

샌프란시스코 자이언츠 구단 사무실.

라스베이거스 원정 경기 결과가 바로바로 보고되고 있었다.

아직 아시아로 떠나지 않고 구단에 남아 있었던 루니 윌슨.

수석 스카우터인 크리스 피리먼과 심각하게 대화를 나누었다.

"완벽 정도가 아닙니다. 기적이라고요. 직구 최고 구속이 99마일이라니……."

"알고 있어!"

"커브 하나 없이 직구 승부로만 라스베이거스 놈들을 박살 냈습니다. 허어, 타격 역시 폭발적입니다. 동영상 자료 보시면 아시겠지만 투구 폼이나 타구 폼도 정교합니다. 거의 교과서 수준이에요."

슥슥.

여러 스카우터와 구단 기록원들이 보내온 결과서.

크리스 프리먼은 기록지를 꼼꼼하게 살피며 놀라워했다.

"구단주님께 곧 정보가 들어갈 겁니다. 언론들은 벌써 주목하기 시작했습니다."

루니 윌슨은 다소 들뜬 목소리로 돌아가는 상황을 얘기했다.

"단 이틀 됐습니다. 단 이틀 만에 프레즈노뿐만 아니라라스베이거스 팬들까지 휘어잡았다고요."

오라이언 사빈 단장을 똑바로 쳐다보며 다시 한 번 강조하는 루니 윌슨.

자신이 스카우트한 결과물이 대어라는 사실에 만족스러움을 감추지 못하고 있었다.

"아직 이틀밖에 지나지 않았어!"

아직 자신의 고집을 꺾지 않고 있는 오라이언 사빈 단장.

'도대체 그놈 정체가 뭐야!! 어떻게 그런 놈이 나타난 거냐고!'

다저스에 뺏기지 않을 목적으로 100만 달러를 던졌다.

보험 차원이었다.

그것도 게시카 루엘이 보장하겠다고 한 물건.

다른 말로 눈 감고 빵 먹을 정도의 쉬운 계약이라는 말이었다.

그런데 일이 터졌다.

루니 윌슨의 말만 믿기에는 측정 투구 수가 턱없이 부족했다.

약간의 확인 절차를 밟을 생각으로 마이너리그에 보냈던 것이다.

뭔가 차질이 생긴 게 분명했다.

이틀 사이에 K라는 확실한 별칭까지 얻은 강민.

연 이틀에 걸쳐 엄청난 파장을 일으키고 있었다.

패전 마무리로 투입된 첫 경기.

구원승을 올렸다.

게다가 이틀 연속 결승 타점을 때리는 데 이어 상상외의 출루율까지 보였다.

이 정도 실력이라면 당장 메이저리그에 영입해도 손색이 없을 정도다.

선발뿐만 아니라 타자로 기용해도 문제가 전혀 안 된다.

"수비력도 굉장했습니다. 우익수 쪽으로 날아온 두 개의 안타성 공을 깔끔하게 처리했습니다. 수비 범위가 중견수 영역까지 닿을 정도로 넓습니다."

메이저리그 수석 스카우터는 돈뿐만 아니라 명예가 따르는 직업이었다.

그야말로 인재를 발굴하는 전문가였다.

각 구단의 현재와 미래를 책임지는 최고의 선수를 찾아내는 일을 도맡아 하는 이들.

두 번의 게임을 치른 강민의 자료만을 보고 그의 가치를 인정했다.

"지금 당장 콜업 하지 않더라도 40인 로스터에 넣어두는 게 어떻습니까?"

"저도 찬성입니다. 단장님, 앞으로 어디로 튈지 모르는 녀석입니다. 사실 이 정도 실력이면 당장 데려와도 되는 것 아닙니까."

두 스카우터의 말에 눈을 감은 채 가만히 듣고 있는 오라이언 사빈 단장.

올해는 우승을 전혀 기대하지 않았다.

사실 우승 목표를 세우지도 않았다.

현재 팀을 구성한 선수들 실력이 빤했고 웬만한 스타급 플레이어도 돈을 따라 구단을 떠난 상황이었다.

적어도 2년 후부터나 본격적으로 우승을 향해 달릴 수 있는 여건이 되었다.

그때 우승을 노려도 늦지 않았다.

불과 이틀 전까지만 해도 구단에 이런 긴장감이 없었다.

사자들이 잠든 정글 같다고나 할까.

"기나려 봐. 아직 인정 게임도 끝나지 않았잖아."

역시 이번에도 스카우터들의 의견을 가볍게 거절했다.

자기주장이 강하기로 따라올 사람이 없는 오라이언 사빈 단장다웠다.

"단장님, 잘못 생각하시는 겁니다."

루니 윌슨은 답답함을 해소할 길이 없었다.

"녀석의 옵션 계약 조건들은 마이너리그에서도 동일하게 적용되는 것을 아시지 않습니까. 그리고 이런 실력이라면……"

차마 뒷말을 잇지 못하는 루니 윌슨.

"……"

그런 윌슨의 말에 어떤 대꾸도 없이 침묵을 고수하는 사빈 단장.

"……"

침묵은 잠깐 동안 이어졌다.

구단 사무실은 마치 처음부터 아무도 없었던 것처럼 인기척이 전혀 느껴지지 않았다.

얼떨결에 계약을 한 케이스라고 해도 과언이 아니었다.

우승에 대한 기대가 전혀 없었던 샌프란시스코 자이언츠.

현재로서는 감당하기 힘든 큰 부담거리가 되어 있었다.

'젠장, 그 새끼 야구하다 죽은 귀신이라도 붙은 거야!!'

오라이언 사빈 단장은 있는 대로 인상을 구기며 욕지기리를 삼켰다.

속에서 끓어오르는 욕을 다시 삼키면서 이를 악물었다.

우연이라고 하기에는 녀석의 행보가 심상치 않았다.

계약이 실수라고 쳐도 지금 현재 벌어지고 있는 일은 대단한 사건이 아닐 수 없다.

팀이 잠자는 동안 샌프란시스코 자이언츠 팬들도 함께 잠잠했었다.

잠들어 있던 그들을 일제히 깨워 일대 소란을 일으키고도 남을 놈이 원정 게임에서 뛰고 있는 것이다.

"브루스케따는 프로슈또를 곁들인 브루스케따 카르페제, 꼰또르노는 토스카나식 빤짜넬라, 안띠빠스띠는 바냐 까우다를 곁들인 피망 스포르마띠노, 쁘리미 삐아띠는 밀라노식 미네스트로네, 콩을 넣은 바르베라 리조뜨, 고르곤 졸라 뽈렌따, 로마식 문어 스파게티, 마르게리따 피자로 부탁합니다. 세콘디 삐아띠로는 바닷가재 테르미도르, 마지막으로 돌체는 빤나꼬따와 커피를 부탁합니다."

"네, 네 알겠습니다."

"모두 가능한 거죠?"

"물론입니다, 손님. 저희 수석 주방장님께 불가능한 요리는 없습니다."

"주방장님께 맛있는 요리를 부탁한다고 전해 주십시오."

"감사합니다."

"제인은 어떤 요리로 드시겠습니까?"

"저, 저요? 같은 걸로 주세요."

'도대체 뭐지……?'

이탈리아 요리를 전혀 모르는 줄 알았던 K의 입에서 줄줄이 흘러나오는 이탈리아 요리들.

그것도 능숙한 이탈리아어를 구사하고 있었다.

마치 이탈리아 요리가 아주 친숙한 것처럼 느껴졌다.

제인이 계획했던 것들이 비켜갔다.

동양에서는 이런 자리를 쉽게 접할 수 없을 것 같았다.

그래서 나름 K를 위해 마련한 자리.

계획은 주방장 추천 요리로 한턱 쏘려고 했었다.

머릿속이 온통 혼란스러웠다.

서빙을 맡은 남자조차도 콧수염이 멋진 이탈리아 본토 남성인 벨라지오 호텔 이탈리아 레스토랑 씨르코.

K는 남자가 건넨 메뉴판도 펴지 않았다.

그럼에도 불구하고 능숙한 이탈리아어로 코스 요리를 완벽하게 주문했다.

물론 제인 루시아는 어릴 때부터 고급 요리를 자주 접해왔다.

그래서 어떤 요리들을 맛봐야 하는지도 기본적으로 알고 있었다.

그런 그녀마저도 당황할 정도인 K의 자연스러운 행동.

제인도 홍보팀에 넘어온 K에 관한 자료를 이미 면밀히 살핀 상태였다.

분명 올해 아메리카 나이로 열아홉 살이었다.

대한민국의 상류층을 경험한 적은 물론 없었다.

그렇다고 K가 보인 코스 요리를 주문하는 동양인을 본 적도 없었다.

물론 매너까지 흠잡을 데가 없는 K.

"K, 집에 이탈리아 출신 요리사라도 있는 거예요?"

제인은 K가 더 궁금해졌다.

"전혀요~"

"……."

"전 가난한 고아 출신의 청년일 뿐입니다."

"네, 네? 농담하는 거죠?"

전혀 표정에는 변화가 없었다.

아무 일 아니라는 듯 말하는 K.

"아니요. 거짓말을 할 이유가 없습니다. 사실이에요."

'상상이 안 돼.'

전혀 혼자 자라온 사람처럼 보이지 않았다.

제인은 애써 자연스럽게 K를 대하기 위해 애썼다.

미국에서는 세월이 많이 흐르면서 동양인이 성공해 상류층으로 진출하는 이들이 많았다.

그러나 대부분이 일본이나 중국계 사람들이었다.

한국에서 온 사람은 드물었다.

미국의 상류층에 속한다는 것은 그렇게 쉬운 일이 아니었다.

돈만 많다고 되는 것도 벼락 스타여서도 안 되는 일.

능숙하고 세련된 고급 영어를 구사하는 것은 기본.

문화와 예술 분야에 걸친 해박한 지식과 정보력도 필수였다.

정치나 사회 문제에 대한 관심도 요구될 정도.

거기서 끝이 아니었다.

쉽게 몸에 밸 수 없는 식사 예절을 비롯한 각종 파티 문화 예절까지 충족되어야 비로소 상류층에 합류할 기회가 주어졌다.

K가 지금 보이고 있는 테이블 매너는 상류층에서도 통할 만큼 완벽했다.

레스토랑까지 오는 동안 나누었던 대화들에서도 느꼈던 것들이었다.

스포츠에만 재능이 있는 그런 선수가 아니었다.

교양이 넘치는 문학가처럼 말했던 K.

K를 떠볼 생각으로 제인 루시아가 던졌던 몇몇 문화와 사회에 관련한 문제에 대해서도 명쾌한 대답을 했었다.

"아직 음주가 불가능한 나이라 그게 아쉽습니다. 와인 한 잔도 나눌 수 없겠군요. 미모의 아름다운 여성과 함께인 자리인데 말입니다."

인사를 던지는 말인 줄은 알지만 K의 말 한마디 한마디
는 왠지 듣는 사람의 마음을 설레게 하고 있었다.

빙긋 입가에 시원한 미소를 띠고 눈을 맞춰오는 K.

찡긋.

"무덤에 가서도 아쉬울 겁니다."

'하아……'

제인은 자신의 얼굴이 붉게 달아오르고 있는 게 느껴졌
다.

매력적인 남성과 마주앉아 이런 얘기를 나눌 수 있다는
것은 아무 때나 가능한 일이 아니었다.

입에 착 감기는 즐겨 마시는 음료보다도 더 달콤한 K의
눈빛과 음성.

"고마워요."

길게 대답할 말도 없었다.

평소 치근덕거리기로 빼놓을 수 없는 야구 선수들.

비매너로 똘똘 뭉친 그들과는 완전히 다른 K의 행동.

제인은 자신도 몰랐던 모습으로 K를 대하고 있었다.

마치 처음부터 단아하고 조용했던 여성처럼 말이다.

"분위기가 꽤 멋집니다."

사방을 두리번거리며 살피던 K.

대충 흘려보는 게 서의 없는 짓 같았다.

"블루, 옐로우, 오렌지 컬러의 커튼은 갖고 싶을 만큼 화려하군요."

"네? 농담이죠? 호호호."

홈 인테리어에도 관심이 있어 보이는 K.

자상하고 섬세함이 묻어나는 그의 말에 제인은 괜히 자신의 남자를 대하는 듯한 착각마저 들었다.

대부분 남성들은 앞에 앉은 여성에게 집중하게 돼 있다.

맛있는 요리와 유쾌한 대화로 상대방 여인의 마음을 사로잡기 위해 노력하는 것이 남자였다.

마음이 넘어온 것 같으면 다음은 빤했다.

한두 번 대시를 받아본 게 아니었던 제인 루시아.

감출 수 없는 본성을 드러내는 데는 긴 시간이 필요하지 않았다.

K의 시선은 제인 루시아에게 머물러 있지 않았다.

잠깐씩 눈을 마주치기는 했지만 그건 대화를 나누기 위해서였다.

그의 눈은 레스토랑 내부의 이곳저곳을 훑고 있다고 하는 게 더 맞았다.

"호오, 사탕 같은 저 전등도 멋진데요."

역시 제인의 짐작이 맞았다.

K는 앞에 앉아 있는 루시아에게는 전혀 관심이 없는 것처럼 보였다.

살짝 서운한 마음도 들었다.

아기자기한 소품들은 제인도 사랑했다.

그런 제인의 취향과 비슷한 부분이 많이 엿보이는 K.

사르르.

아무것도 진행된 게 없었지만 그녀의 마음은 이미 달궈진 프라이팬처럼 뜨거워지고 있었다.

고소한 버터를 떼어내어 올리면 스르르 녹아버리듯 그녀의 마음이 K를 향해 녹아내리고 있었다.

'놓치기 아까워…….'

분명이 이대로라면 메이저리그 입성이 머지않았을 것이 빤하다.

그렇게 되면 K는 곧장 엄청난 고액 연봉자가 될 것이다.

돈 때문이 아니었다.

제인에게 돈은 크게 제약이 되지 않았다.

아버지가 보유한 재산만 해도 백억 달러가 넘었다.

"K는 내년에 사이영 상을 수상할 거예요. 분명해요."

투수에게 건넬 수 있는 최고의 찬사였다.

제인은 진심으로 K가 사이영 상을 수상하기를 바랐다.

"불가능할 겁니다~"

"네에? 부상만 입지 않는다면… 받고도 남아요. K 실력이…….."

"아니요. 그때 전 야구를 하고 있지 않을 겁니다."

"그게 무슨……."

알아들을 수 없는 말을 하는 K.

제인은 그의 말을 이해할 수가 없었다.

원하는 것은 다 손에 쥘 수 있는 메이저리거.

엄청난 부와 명예가 함께 따라오는 자리였다.

야구인이라면 누구나 꿈꾸는 꿈의 무대.

K 정도의 실력이라면 팀의 운명을 좌우한다는 1선발 감으로 충분했다.

아니 넘쳤다.

"제 꿈은 메이저리거가 아닙니다."

"네에?! 메, 메이저리거가 아니라구요?"

K의 입에서는 믿을 수 없는 대답이 흘러나왔다.

특히 마이너리거들에게는 영원한 꿈의 무대인 메이저리그.

메이저리그에 등판해서 뭇 사람들의 시선을 한 몸에 받는 것.

존경의 눈빛으로 바라보는 많은 사람들.

그들의 부러움을 사는 삶을 선물 받고자 하는 게 야구 선수들의 보편적인 삶의 목표였다.

멍한 표정으로 K를 바라보는 제인.

"제인은 골프 좋아해요?"

"…아니요……."

K의 꿈은 전혀 다른 것일지도 모른다는 생각이 스쳤다.

제인은 야구 말고는 다른 스포츠를 생각해 본 적이 없었다.

"하하, 아쉽군요. 내년에도 저를 보기 원한다면 그땐 필드로 와야 할 겁니다."

"……!!"

역시 K의 엉뚱한 말에 제인은 두 눈을 동그랗게 뜨고 그를 그냥 쳐다볼 수밖에 없었다.

"제 꿈은 골프 선수입니다. 잠깐 야구 선수로 활동할 수 있게 계약되어 있습니다."

"마, 말도 안 돼요! K 당신 실력이라면 혼자서도 월드시리즈에 진출할 만큼 대단한 실력이라구요!"

제인은 생각지 못했던 K의 대답에 격하게 흥분했다.

자신의 앞에 앉아 있는 이 남자가 메이저리그로 직행한다면 야구계에는 엄청난 돌풍이 불 게 확실했다.

인기 있는 미식축구나 농구도 단번에 밀어낼 수 있을 만큼 능력이 충분했다.

K가 야구가 아닌 골프를 선택한다는 것은 야구계에 엄청난 손해였다.

'세상에. 골프 선수가 꿈이라니……'

이건 여성으로서 남성에게 갖는 기대와는 상관없는 일이었다.

순수하게 야구인의 한 사람으로서 K를 놓칠 수도 있다는
생각이 들자 심장이 거칠게 뛰었다.

K의 눈빛을 살피는 제인.

'농담 같은 게 아니야…….'

그의 눈빛은 진지했다.

전혀 농담의 기색이 엿보이지 않았다.

"올해 그 월드시리즈 갈 겁니다."

"……."

더 할 말이 없게 만드는 K의 말.

"내기해도 좋습니다."

제인은 눈만 껌뻑이며 K의 진지한 말을 듣고 있었다.

"올해 샌프란시스코 자이언츠는 또다시 월드시리즈 우승
반지를 끼게 될 겁니다."

쿵!

'이, 이 남자 진심이야?'

"그것도 저로 인해서 말입니다."

마지막 K의 말은 제인 루시아의 영혼을 강타하고도 남았
다.

다른 선수가 그녀 앞에서 이런 말을 했다면 비웃었을지
도 모른다.

하지만 그의 말은 왠지 의심할 여지가 없어 보였다.

두 눈을 똑바로 마주보며 말하는 그의 말을 믿을 수밖에

없었다.

제인 루시아가 생각해도 K라면 샌프란시스코 자이언츠를 다시 월드시리즈 우승 팀으로 밀어 올릴 수도 있을 것 같았다.

아마 K의 선언처럼 된다 해도 야구팬들은 이상하게 생각하지 않을지도 모른다.

K의 출현 이후 두 번의 게임.

그의 실력을 확인할 수 있을 만큼 충분한 시간이었다.

"어? 주방장이잖아?"

"새로 왔다는 그 수석 주방장이군."

그때 레스토랑 씨르코에서 식사를 하던 손님들이 술렁였다.

중간중간에서 웅성거림이 시작됐다.

평소에도 여행객이 많이 찾았던 씨르코.

수석 주방장이 바뀐 후로는 이탈리아 요리를 사랑하는 인근 지역의 유명 인사들의 발길도 이어졌다.

제인도 익히 들어서 알고 있었던 수석 주방장에 관한 소문들.

꽤 준수한 외모에 젊은 미남이라고 했다.

그는 이탈리아 요리의 거장인 안토니오 가르뎅을 사사한 천재 요리사로 입꾸우꼬 알마 국제 요리학교를 수석으로 졸업한 인재라고 했다.

그의 명성 덕에 벨라지오 호텔의 이미지는 한순간 급상
승했다.

뚜벅뚜벅.

"……??"

그런 그가 만면에 미소를 함박 머금고 나타났다.

소문처럼 젊은 주방장은 꽤나 멋있는 외모를 소유했다.

지중해를 닮은 파란 눈동자가 먼저 눈에 띄었다.

제인의 정면에서 곧장 다가오고 있는 주방장.

그리고…….

"하하, 민! 여기는 언제 온 거야!!"

"……??"

'미, 민!'

거리를 좁히며 다가오던 수석 주방장은 입가에 묘한 미
소를 짓더니 K를 향해 반가움을 나타냈다.

스윽.

K가 자리에서 일어섰다.

"안드레아~ 오랜만입니다!!"

"진짜 오랜만이야! 내 영혼의 친구~!"

와락.

제인은 다른 생각을 할 겨를이 없었다.

대화 중에 갑자기 나타난 주방장과 이미 그와 오래전부
터 친분이 있었던 것 같은 강민의 만남.

격하게 서로를 끌어안으며 반가움을 나눴다.

'도대체… K, 정체가 뭐지……?'

아무리 안드레아 주방장이 젊은 축에 속한다 해도 K와는 나이 차이가 꽤 있었다.

하지만 벨라지오 특급 호텔 이탈리아 수석 주방장은 K를 오래도록 알아온 친구로 맞이하고 있었다.

그런 두 사람의 재회를 지켜보는 루시아의 머릿속은 복잡해져만 갔다.

야구는 그냥 골프를 하기 위한 과정이라고 했던 K의 말을 듣고 그 충격이 가시기도 전이었다.

K의 정체가 뭔지 이제는 종잡을 수가 없게 되었다.

"하아……."

인사를 나누는 K를 바라보는 제인은 깊은 한숨을 내쉬었다.

야구인으로서 꽤 매력 있는 선수면서 남자인 K.

비단 자신에게만 그렇게 다가오는 사람이 아니라는 것쯤은 알고 있었다.

하지만 마음이란 것은 본래 뜻대로 되지 않는 것이라고 했다.

한 남자에게 품었던 호감이기 이전에 야구를 사랑하는 사람으로서 아끼고 싶었던 K.

자신의 마음이 어느새 K를 향하고 있었다는 것이 당혹스러울 뿐이었다.

'정말 화려하군.'

씨르코에서 만나게 된 안드레아 피를로 주방장.

한국 라마르아 호텔에서 인연이 되었던 사람이다.

그 당시에도 꽤 유명세를 타고 있던 인물로 나를 만난 이후 한 단계 더 업그레이드된 이탈리아 요리의 최고 수장.

이곳 라스베이거스 최고 호텔에서 수석 주방장으로 여전히 왕성한 활동을 하고 있었다.

식재료가 갖고 있는 본연의 순수한 맛을 중요하게 생각하는 요리사.

기본 맛에 대한 감각이 깨어 있는 사람이었다.

벨라지오 호텔에 오게 된 것도 우연이었다고 했다.

당시 라마르아 호텔에 투숙하고 있었던 벨라지오 호텔 수석 총괄 이사 눈에 띄어 스카웃이 된 케이스였다.

길게 시간을 뺄 수 없어 그간의 굵직한 얘기들만 살짝 나누었다.

처음에는 나인 줄 몰랐다고 했다.

주문이 들어온 정통 정식 코스에, 혹 이탈리아 요리 고수가 온 게 아닌가 생각했다는 것이다.

나를 발견하고 처음엔 깜짝 놀랐지만 반가움이 더 컸다는 안드레아.

사실 이탈리아의 대표적인 상남자 인상이 강한 안드레아는 여성들이 꿈꾸는 로맨틱한 분위기를 풍겼다.

그러나 적극 비추천이었다.

약간은 어색한 상태에서 반가움을 나누고 주방으로 돌아간 안드레아는 멋진 풀코스 이탈리아 요리를 내놓았다.

물론 공짜로 그 많은 것들 얻어먹었다.

술 한 잔을 청하고 싶었지만 아직 미국에서는 허용되지 않는 나이.

미국 내에서 술 마시다 걸리면 곧바로 한국으로 쫓겨날 수도 있었다.

물론 호텔 카지노도 출입도 제한되었다.

네바다 주 법에 의하면 만 21세 이하인 나는 개별 투숙이나 카지노 출입도 할 수 없는 미성년자 신분이었다.

한국에서야 내 할 소리 정도는 하고 술도 좀 기울일 수 있는 신분이지만 이곳 미국에서는 허용되지 않았다.

아무리 걸림 없이 실기 위체 수련을 한 나라 해도 어떻게 무시하고 갈 수는 없었다.

"이 유리 장식품들 예쁘죠?"

여성들은 대체로 배가 부르면 귀여운 고양이처럼 변하는 것 같았다.

약간 긴장한 듯했던 제이 역시 식사 후 좀 더 편안한 기운을 풍기고 있었다.

살짝 치켜 올라간 눈꼬리 때문에 넓은 이마까지 범접하기 힘든 프로의 이미지가 강했다.

그랬던 그녀의 두 눈은 한껏 웃음을 머금고 있었다.

마치 부드러운 초승달처럼 보였다.

제인 루시아의 시선이 닿아 있는 곳은 호텔 로비 천장.

알록달록 화려한 유리 공예품들.

"데일 치훌리의 작품이죠. 미국 인간문화재 1호인 분으로 알고 있습니다."

"알고 있었어요?"

"동양의 음양오행에서 영감을 받은 작품이죠."

"네? 그게 무슨……."

천장에 장식된 화려한 유리 공예품들이 누구의 작품인지는 제인도 알고 있었다.

하지만 더 깊은 사연을 모르는 눈치.

"동양에서는 인간을 포함한 전 우주를 이루는 구성 요소들을 어둠과 빛으로 설명하죠. 또 다섯 가지 기운을 연관시켜 표현하기도 합니다."

제인은 호기심 가득한 눈빛으로 나를 바라보았다.

"재미있는데요? 동양의 신비한 정신세계에 관심을 갖는 사람들이 많지만 전 접할 기회가 없었어요."

"비단 정신세계에 관련된 것만 얘기하고 있는 게 아니에요. 컬러를 이용하기도 해요. 오방색이라고 해서 선명한 색이 갖고 있는 기운을 쓰는 건데, 치훌리의 작품도 그 색의 장점들을 제대로 표현해 내고 있죠."

끄덕끄덕.

"저기 보이는 색……."

나는 손을 뻗어 천장 쪽을 가리켰다.

"중앙의 노란색 보이죠? 그건 신체 부위 중 위장을 의미해요. 그 옆의 검은 색감을 띤 부분은 신장. 한마디로 신장을 자극해 식욕을 떨어뜨립니다."

나는 진지하게 나의 얘기를 경청하고 있는 제시카를 한번 쳐다보았다.

새로운 것들에 대한 정보에 관심이 많은 눈빛.

"플라시보 효과라고 보면 됩니다. 자연스럽게 시각을 통해 인간의 뇌와 각 기관을 조절하는 거죠."

"아!"

아무리 물질문명이 발전을 거듭하고 있다고 해도 그 기본 바탕은 정신문명이었다.

그런 면에서 동양의 정신문명 그 어느 곳보다 우월했다.

서양의 중세와 근대 과학기술보다 앞선 아랍과 동양의 정신문명.

끊임없이 발전해 온 동양의 정신문명의 영향 덕분에 서양이 물질문명이 급물살을 탔다고 해도 과언이 아니다.

로마 제국 멸망 이후 서양의 많은 문명이 아랍을 비롯한 동양으로 흘러들었다.

그리고 그곳에서 정신문명과 함께 화려한 꽃을 피웠다.

이후 그 꽃이 시들고 생겨난 결과물을 가지고 다시 이룩한 중세시대.

그 시대를 지나오면서 다시 한 번 화려한 꽃을 피우고 있는 것이 현대의 과학문명이다.

결국 아무리 물질문명이 꽃피고 지는 것을 반복한다 해도 그 바탕에는 정신문명을 기반으로 두고 있다.

그렇지 않고서는 그 어떤 물질문명도 존재할 수 없다.

깨어 있는 만큼, 상상할 수 있는 만큼 세상은 창조되고 허물어지는 것이 우주의 법칙이다.

그것이 바로 정신문명이 갖고 있는 실체이며 궁극의 목표이다.

그럼에도 불구하고 양 도사는 이 우주에 순수한 창조란 없다고 했다.

인류 문명이 만들어 내고 있는 무수한 창조물들마저도 순수하게는 창조라고 말할 수 없다는 것이다.

양 도사의 주장일 뿐이며 나 역시 그것들을 전부 이해할 수는 없다.

그러나 보이지 않는 의식 세계 저편에 저장되어 있는 우주 의식을 끌어다 쓰는 것일 뿐이라고 했다.

깨어 있는 의식의 주체자들.

그들은 천재라고도 불리며 또 정신적 스승이라고도 불리고 있는 것이다.

잠재돼 있는 의식을 깨우고 깨어난 의식의 수준만큼 우주가 갖고 있는 근본적인 정보들을 끌어다 눈앞에 펼치는 일.

그것이 인류에서 말하는 창조.

양 도사는 그것이 어떻게 창조일 수 있겠냐고 반문하는 부류 중 한 사람이었다.

천장을 장식하고 있는 데일 치홀리의 화려한 작품들.

미처 생각하지 못했던 사람들에게는 처음 세상에 모습을 보인 한 예술가의 창작물이 맞았다.

신비한 우주 자연의 기운들이 엿보이는 작품이다.

변화하는 기운과 율동들을 자신만의 깨달음을 모두 동원해 만들어낸 창조물.

계속해서 보고 있으면 자연스럽게 살이 빠질 만도 한 신비한 작품.

그러나 알고 보면 이미 오래전부터 우주에 존재해 왔던 거대한 시스템들 중 한 부분일 뿐이다.

양 도사가 말했던 것들에 비추어 보면 결국 아주 작은 드러냄에 불과한 것이다.

결국 나에게는 그렇게 특별할 것도 없는 장치였다.

굳이 색을 이용해 식욕을 억제하고 그것으로 인한 심리

적 작용으로 살을 빼는 일까지는 필요가 없었다.

양 도사의 시시각각 변하는 얼굴만 보고 있어도 밥맛이 뚝뚝 떨어졌었던 생활.

살 찔 일이 전혀 없었다.

"들어봤어요. 소림사 승려 같은 쿵푸 능력자들 얘기는 영화로도 많잖아요."

'그래, 그 정도 이해하는 것만으로도 훌륭하지.'

미국인들 사상으로는 섣불리 이해하기 힘든 동양의 정신 문화.

사랑하는 여인의 죽음을 받아들이지 못해 지구를 거꾸로 돌리는 슈퍼맨을 믿는 게 차라리 나을 것이다.

눈에 보이지 않는 세계를 이해하기는 결코 쉬운 일이 아니다.

제인 루시아의 말대로 동양의 신비는 결국 한 편의 영화에서 전달되는 수준 정도일 뿐.

그나마도 전달이 된다면 다행이었다.

'고대 로마 제국 황실도 이 정도로 화려하진 않았을 거야.'

대한민국에서 최고 등급 호텔로 이름을 떨치는 곳도 이곳 라스베이거스에서는 명함도 못 내밀 정도였다.

거대한 실내 홀에 설치된 아치형의 기둥과 대형 실내 정원까지.

화려한 유리꽃들이 별처럼 떠 있는 천장.

꽃마차와 풍차 장식.

눈이 부실만큼 아름다운 회전목마를 비롯한 자그마한 호수.

카지노 출입이 제한되긴 했지만 전혀 아쉽지 않았다.

볼거리가 그만큼 많았다.

"K, 오늘 무척 유쾌한 시간이었어요. 게임도 그랬고 저녁도 마찬가지예요."

호텔 로비를 빠져나오다 잠시 걸음을 멈춘 제인 루시아가 촉촉하게 젖은 눈망울을 반짝였다.

"그리고… 분위기 있는 데이트까지 완벽했어요."

'…여성들은 하나같이 패턴이 비슷하군.'

제인 루시아의 눈빛에서도 위험 요소가 감지되고 있었다.

무수히 많은 여성들에게서 하나같이 같은 증상이 보였다.

한없이 영롱하게 반짝이는 눈동자.

제인의 눈동자는 진갈색을 띠고 있었다.

나의 착각일지는 모르지만 야릇한 기운이 감돌았다.

"오늘 봤지? 내 불같은 강속구. 키야~ 방울뱀 꼬리 같은 직구에 라스베이거스 타자 녀석들이 헛방망이질을 했잖아. 크크, 아마 며칠 내로 빅리그로 승격될 거야! 나 같은 유낭

주 말고 누가 빅리그 무대를 장식하겠어!!"

"그럼~ 오늘 승수를 추가했으니 오스틴 너는 확실할 거야."

"자! 내일 쉬니까 제대로 한 번 땡기는 거야!"

'…여기서 또 보는군.'

내일 주어진 휴식 시간으로 한껏 풀어진 망나니들.

어느 정도 받쳐주는 실력에 재력까지 더해진 이들은 거칠 것이 없었다.

카지노를 찾은 듯한 오스틴 일행.

오늘 1승을 추가할 수 있었던 것은 다 나의 활약 덕이었다.

하지만 투수 오스틴 필립과 그 일행은 전혀 인정하지 않았다.

말이 좋아 보호선수이지, 겨우 100만 달러 연봉을 받고 있는 오스틴.

마치 메이저리그 특급 선수나 되는 양 프레즈노 그리즐리스 팀을 휘젓고 다녔다.

물론 동료들 사이에서는 어느 정도 부러움을 사고 있는 것도 사실이었다.

샌프란시스코 자이언츠 선수층이 얇아지면서 나타난 현상 중 하나였다.

당연히 보호선수 수준도 하향 평균화되고 있었다.

"어!"

"제, 제인……."

그제야 나와 제인을 발견하고 살짝 당황하는 오스턴 필립 일행 중 한 명.

'정신 상태들이 아주 끈 떨어진 연 같군.'

벌써 한잔씩 걸친 후였다.

입에서는 진한 술 냄새가 풍겨 나왔다.

오스턴과 함께 호기롭게 카지노 문턱을 넘으려는 찰나.

오늘 경기에서 3실점을 막았지만 호투라고 불리기에는 한참 부족했던 오스턴의 활약.

내가 홈런성 타구와 안타를 만들어 주지 않았다면 개털 될 뻔했다.

"오~! 이게 누구야? 프레즈노의 얼굴 제인 루시아 아니야~"

늑대 못지않은 연회색 눈동자를 소유한 오스턴 필립이 과히게 호들갑을 떨었다.

알코올 기운을 받아 더 기고만장했다.

오늘 경기 여운에서 아직도 허우적거리고 있는 오스턴.

얼굴에 취기가 붉게 올라 있었다.

"오늘 수고했어요, 오스턴."

크게 동요하지 않은 채 제인이 입가에 미소를 띠며 칭찬의 인사를 건넸다.

꼴에 구단 대표 투수라는 신분을 갖고 으스대고 있다는 것을 잘 알고 있는 제인.

"제인~ 저 노란 꼬마 보내고 우리랑 한잔 어때? 이제 곧 메이저리그로 송환되면 나 보고 싶어도 못 본다고~"

'양아치 새끼.'

생긴 건 멀쩡해서 하는 짓은 저급 인간처럼 굴었다.

딱 봐도 술 처먹고 여성들 상대로 추파를 던지는 꼴이었다.

특히 은근히 나를 겨냥한 발언을 아무렇지 않게 섞어서 던지고 있었다.

내 나라만 같았어도 조용히 뒷골목을 모시고 갔을 것이다.

간단하게 쌍코피 정도 뽑아내 주고 대한민국 꼬마들이 얼마나 무서운지 확실히 보여줬을 것이다.

"사양하겠어요. 보시다시피 선약이 있어요."

감정 변화를 전혀 보이지 않는 제인.

간단하게 거절했다.

당황하거나 망설이는 기미도 보이지 않았다.

"제인~ 왜 이래? 나 오스턴 필립이야. 이번에 빅리그 진입하면 다년 계약은 확실하다고."

실력은 대충 봐줄 만했지만 자존심은 의외로 하늘을 찔렀나.

"미안해요. 아직 데이트가 안 끝났어요."

다시 한 번 정중하게 거절하는 제인.

하지만 처음과 달리 목소리에 힘이 들어가 있었다.

구단 홍보직원으로 팀 일을 보고 있었지만 엄연히 구단 주의 딸인 제인 루시아.

그깟 100만 달러 연봉짜리 선수에게 좌지우지할 수준은 아니었다.

"제인~ 제인. 후회할 거야. 노란 꼬마가 벌써 좋아지기라도 한 거야? 데이트를 하고 싶다면 어른답게 해야지. 흐흐."

'어디를 가나 한 명씩은 꼭 있군. 세상 옵션인가…….'

나는 조금씩 강도를 더하는 오스턴을 어이없는 표정으로 바라보았다.

그의 눈에 나는 그냥 꼬마로 보이는 것 같았다.

이래 봬도 사시미 들고 춤추던 인간 육회 전문인 인사들이 내 앞에서 피똥을 쌌었다.

그런 사실을 전혀 알 리 없는 오스턴.

겨우 야구 투수 선수 주제에 슬슬 시비를 걸어왔다.

"몹시 불쾌하군요."

'……!!'

방금 전까지 차분했던 제인의 낯빛이 달라졌다.

살짝 스팀이 오른 상태.

오스턴의 음흉한 미소에 기분이 상한 듯했다.

가득이나 제인의 위아래를 차례로 훑는 오스턴의 눈빛.

불쾌감을 제대로 드러냈다.

"…하하, 제인. 마음 풀어. 팀 선수가 그냥 술 한잔 사겠다는 거였어. 너무 예민하게 받아들이는 거 아냐?"

어깨를 들썩거리며 두 손바닥을 위로 펴 보이는 오스턴.

살짝 당황한 듯 애써 웃음을 지었다.

"사과하세요. K에 대한 차별적인 발언은 법적으로 처벌받을 수도 있어요."

'그렇지!'

분명 오스턴은 나를 노란 꼬마라고 불렀다.

엄연히 인종차별적인 발언이다.

"……"

오스턴을 바라보는 제인의 눈빛은 냉정하면서도 단호했다.

나 역시 입이 없어서 오스턴을 털 많은 흰둥이라고 부르지 않는 게 아니었다.

두 눈을 똑바로 응시하는 제인.

법적으로 어쩌고 하며 몰아붙이는 제인의 협박(?)에 살짝 뒤로 물러서는 오스턴.

그것도 협박이라고 겁을 집어먹은 듯했다.

"제인, 괜찮습니다. 됐어요."

괜히 아까운 시간만 흘러가고 있었다.

더 길게 말해봐야 입만 아파질 것이다.

사과를 한다 해도 진심일 리가 없었다.

이럴 바에야 라스베이거스의 화려한 거리를 걸으며 제인과 대화를 나누는 게 나았다.

"K……."

나보다 더 기분이 상한 제인 루시아.

마치 자신이 실수한 것처럼 더 미안해하고 있었다.

"뭐야? 벌써 그런 사이야?"

"……!!"

"지금까지 우리한테 보인 제인 루시아의 도도함은 어디다 팔아먹은 거야? 크크."

강도를 더해가다 멈칫한 제인의 모습을 지켜보던 오스턴의 태도가 돌변했다.

나에게 보내는 그녀의 다정한 모습에 눈빛이 살짝 떨렸다.

제인을 제지한 내가 자신과 상대가 되지 않는다고 판단한 것이다.

한결같았던 제인의 무뚝뚝한 태도와는 전혀 다른 제인의 오늘 모습.

뭔가 각심한 듯 본격적으로 시비를 걸어왔다.

"술을 뒤로 마셨나? 입으로 마셨으면… 낙지꼬 끼껴."

이쯤 되면 참고 있는 게 더 우스워지는 꼴이 된다.

나는 조용히 입술을 열어 경고의 메시지를 날렸다.

"푸하하, 이 꼬맹이 지금 뭐라고 하는 거냐! 뭐 태권도라도 배워 온 거야?"

대놓고 나를 비웃기 시작한 오스틴.

파밧!

"왜 이렇게 건방져!"

하지만 말끝에서는 약간의 살기를 뿌렸다.

휙휙.

게다가 팔을 앞으로 쭉쭉 뻗어 보이며 태권도의 찌르기를 자세를 어설프게 흉내 냈다.

'으이그 그냥, 한 대 갈겨?'

시민권이 없는 비자 취업자.

그것이 나의 현실이었다.

함부로 폭력에 휘말릴 수 없는 또 다른 제약.

괜히 작은 사건에라도 휘말리게 되면 출국 조치될 가능성이 컸다.

그렇게 되면 다시 두 팔 벌리고 나를 잡아채기 위해 눈을 부라리고 있을 양 도사.

그 노인네의 손아귀로 다시 돌아가야 한다.

참을 인자를 새기고 또 새겼다.

"그러다 한 대 맞으면 안 아픕니까?"

폭력은 안 된다.

그러나 열린 입으로 말 좀 하는 건 문제될 게 없었다.

"오늘 그것도 선발 투수가 던진 거라고 축하하러 나온 겁니까? 동료 선수들한테 미안한 줄이나 아십시오."

있는 사실만 얘기했다.

굳이 없는 말을 만들지 않아도 충분히 알아들을 것이기 때문이다.

"트리플A에서 밀려 다시 밑바닥부터 올라오고 싶은 겁니까? 자이언츠에 선수가 없어서 그렇지 내년만 돼도 자리가 없을 겁니다. 여러분도 상황 판단 잘하십시오. 저희 속담에 이런 말이 있습니다."

나는 오스틴 필립 옆으로 멀뚱멀뚱 서 있는 동료 선수들을 쳐다보았다.

"근묵자흑! 못 알아듣겠죠? 이 말은 더러운 물 옆에 가면 똥물이 된다 이 말입니다."

내 말을 듣고 있던 선수들 미간이 일그러졌다.

무슨 말이 튀어나올지 몰라 귀를 기울이고 있다 자신들을 두고 하는 욕인 줄을 눈치챈 것이다.

검게 그을린 피부가 금세 붉으락푸르락했다.

"난 당신들 경쟁자가 아닙니다. 착각하지 마세요. 당신들이 경쟁해야 할 사람들은 함께 땀 흘려 뛰고 있는 팀 동료들입니다."

한 번 열려 벌어진 나의 입은 닫힐 생각을 하지 않았다.

지금이야 오스턴 필립도 연봉을 좀 받고 있는 상황이라 우쭐한 기분을 감출 수 없을 것이다.

하지만 메이저리그에서 방출되는 것은 도축장으로 내몰리는 돼지 신세보다 못할 것이다.

실력이 따라주지 못하면 다시 밑바닥.

차라리 처음부터 밑바닥 인생을 다지며 치열하게 경쟁하는 게 더 나았을지도 모른다고 생각할 것이다.

스포츠 세계에서의 경쟁은 보통 사람들의 삶보다 어쩌면 더 치열한 전쟁터와 같았다.

지금 샌프란시스코 자이언츠는 힘 좋은 호랑이들만 골라 팔아치운 사파리.

그사이 여우나 늑대들이 우후죽순 나타나 우쭐해 하고 있는 시기로 더는 의미가 없었다.

"뭐라고 이 건방진 꼬마! 여기가 어딘 줄 알고 까부는 거야?"

"왜요? 추방이라도 시킬 겁니까?"

오스턴 필립은 거의 나를 한 대 칠 기세였다.

약 3미터 정도의 거리를 두고 마주보고 서 있던 오스턴 필립과 나.

술에 취한 채 휘둘러 대는 그의 주먹에 맞을 정도로 허접하지는 않았다.

'그래, 제발 한 방 날려라.'

운동선수들이라 기본적으로 뿜어내는 힘은 존재했다.

정당방위가 어떤 건지 제대로 한 번 맛보여주고 싶었다.

인내심이라고는 쥐뿔도 없는 오스턴 필립.

몇 마디 말에 엉덩이에 화살이라도 맞은 듯 길길이 날뛸 기세다.

"어머머, 정말 아름다워! 이렇게 로맨틱하고 아름다운 호텔이 왜 한국에는 없는 거야! 으아아앙!"

단짝 친구인 단비를 만나기 위해 건너온 미국.

갑작스럽게 아픔을 겪게 된 단비 덕에 평소보다 더 오버액션을 취했다.

거의 호들갑에 가까울 정도로 큰 소리를 내는 은다혜.

"하하, 맘에 드나 보구나? 다행이야."

"그걸 말이라고 하니~"

자세한 상황을 알 리 없는 이안 그래인키가 호탕한 웃음을 터뜨렸다.

무려 190에 육박한 훤칠한 키에 두상은 비정상적으로 작은 데다 몸은 단단한 근육으로 단련된 이안.

시원한 블루 컬러의 눈동자가 비현실적인 인물로 느껴질 정도였다.

깔끔한 세미 정장이 잘 어울리는 모델 뺨치는 이안은 함께 걷는 것만으로도 존재감을 팍팍 드러내 주었다.

"이안~ 나 오늘 완전 행복해~"

약간 코맹맹이 소리를 섞어 잔뜩 애교를 부리는 다혜.

그런 그녀를 가만히 바라보며 단비가 미소를 지었다.

이 순간만이라도 심장을 갈기갈기 찢는 듯한 통증을 잊고 싶었다.

어떤 약속도 없이 혼자 기다려 왔던 시간들.

그 시간들이 흘러가 버린 것만큼 지금 느껴지는 아픔도 어서 지나가길 바랐다.

자신의 상황이 어떤지 모른 채 LA로 날아온 이안 그레인키.

내색할 수 없었다.

그 누구도 알지 못했던 단비만의 시간들.

이안 그레인키는 세계 모든 여성 골퍼들의 로망이었다.

매력남 1순위에 등극할 정도로 수많은 여성 골퍼들에게 인기가 많았다.

차세대 프로 골프 선수인 이안.

그가 함께 시간을 보내자며 찾아왔음에도 정신줄을 놓기는커녕 단비는 별다른 반응을 보이지 않았다.

최근 구입했다는 자가용 비행기를 타고 이안은 단비를 만나기 위해 날아왔다.

이안 그레인키의 팬들이라면 그를 보기 위해는 온갖 수

단을 써서라도 거리를 좁혀 다가가려 했을 것이다.

그러나 다른 생각으로 가득 차 있는 단비의 눈빛.

다행히 벨라지오 호텔 일식당 엘로우 테일에서의 저녁은 꽤 근사했다.

오랜만에 제대로 된 요리를 맛본 단비의 표정은 많이 나아진 상태.

라스베이거스 특급 호텔 주방장들 중 유일하게 한국인이 총주방장을 맡고 있는 곳이었다.

그가 제공해 준 멋진 맛의 향연.

사십여 개가 넘는 라스베이거스 초특급 호텔 주방 중 원탑으로 군림하는 일식계의 거장이었다.

다혜 역시 부드러운 식감의 각종 스시에 몸이 그대로 녹는 것만 같았다.

두툼하면서 쫄깃한 랍스타 살점을 뜯어 먹으며 이안 그레인키를 보는 재미.

훈남사 이안이 보내는 미소와 위트에 뿡뿡 하트가 절로 터져 나왔다.

단비의 속은 썩겠지만 시간이 약이라고 했다.

더 이상 단비를 위로할 그 어떤 말도 떠오르지 않고 있었다.

단비도 그냥 모른 척해 주기를 바라는 눈치다.

골프 스쿨 친구인 이안 그레인키가 이끄는 대로 시간을

할애하고 있었다.

하지만 늦은 시간까지 밖에서 시간을 보낼 마음은 없어 보이는 단비.

카지노를 즐긴다거나 다른 유흥거리를 할 수 없어 건전하게(?) 호텔을 둘러보는 걸로 만족해야 했다.

곧장 LA로 돌아갈 생각을 하고 있었다.

"다혜, 행복하다니 다행이야. 단비의 베프는 나의 친구이기도 해. 머무는 동안 마음껏 부리라구."

"정말 그래도 되는 거야? 시합이 얼마 남지 않았잖아."

"그런 건 걱정 마. 난 꽤 이른 시간에 연습하는 게 몸에 뱄다고."

"좋아, 좋아. 이안 약속 지켜야 해."

다혜는 이안의 넘치는 친절에 눈동자가 풀렸다.

단비가 오랜 시간 동안 기다렸다 배신당한 그놈보다 훨씬 나았다.

아무리 죽고 못 산다 해도 곁에 있어주지 못한다면 다 헛짓임을 단비 케이스를 통해 확실히 깨달았다.

부쩍 말수가 줄어든 단비.

그렇지 않아도 쉽게 속을 내비치지 않았던 단비였다.

이안의 친절에도 웃음기를 찾지 못했다.

조용히 주변을 두리번거리며 벨라지오 호텔 내에 장식돼 있는 소품들을 둘러볼 뿐이었다.

"이 자식이!!!"

"어머! 이런 데서도 매너 없게 쌈질하는 사람이 있나 봐?!"

호텔 로비에서 큰 소리가 들렸다.

거대한 기둥에 가려 바로 보이지는 않았지만 로비 안쪽에서 거친 남자의 목소리가 들려왔다.

단비 일행은 걸음을 옮겨 살짝 현장으로 시선을 돌렸다.

그리고,

"어!"

"아!"

단비와 다혜의 입술을 비집고 거의 동시에 신음이 터져나왔다.

그 녀석이다.

"가, 강민!"

다혜는 자신도 모르게 소란을 일으킨 무리 중 한 사람의 이름을 내뱉었다.

"프레즈노 선수들 아냐?"

"무슨 일이야?"

덩치가 있는 한 사람이 강민의 멱살을 잡아채 위협하고 있었다.

그 모습을 지켜보던 사람들 중 호텔 유니폼을 입은 남자 두 명이 수군거렸다.

파르르.

멱살을 잡힌 사람이 강민인 것을 확인한 단비의 눈동자가 심하게 떨렸다.

"뭐야! 저 자식 얼굴이 몇 개야? 그새 여자가 또 바뀐 거야?"

단비의 눈치를 보며 다혜가 들릴 듯 말 듯한 소리고 구시렁거렸다.

"와아! 인정했다 내가. 대단한 카사노바 나셨네!"

말없이 상황을 지켜보고 있는 단비를 대신해 다혜가 분노를 쏟아냈다.

덩치 큰 남자에게 멱살이 잡힌 강민은 눈에 들어오지 않았다.

매번 옆에 달고 다니던 여자가 바뀐다는 사실이 더 놀라운 다혜였다.

"어! 제인이잖아? 누나가 왜 저 사람들이랑 함께 있는 거지?"

"이, 이안. 아는 사람이야?"

"어, 프레즈노 구단 홍보담당. 그리고 외삼촌 딸이야."

"그럼 사촌이구나……."

다혜는 이안의 말을 듣고 다시 제인을 쳐다봤다.

단비의 표정에는 변화가 없었다.

"죽어 버리겠이! 이 빌레 같은 새끼!"

분위기가 한층 더 험해지고 있었다.

"가봐야겠어."

강민과 시비가 붙은 남자 사이에 긴장감이 더했다.

사촌누나 제인이 함께 있는 상황.

이안 그레인키는 걸음을 서둘러 옮겼다.

"에휴, 못 본 사이에 완전 망가졌네."

이안이 달려가는 모습 너머 멱살잡이를 당한 채 휘청거리고 있는 강민.

그 모습을 쳐다보며 다혜가 한숨을 내쉬었다.

"뭐해, 단비야. 이대로 있을 거야?"

다혜가 옆에 가만히 서서 한곳을 바라보고 있는 단비를 툭 쳤다.

"가서 뻔뻔한 자식 낯짝이라도 갈겨줘야 하는 거 아니냐구."

"……."

다혜의 다그침에도 단비는 아무 대답이 없었다.

군을 대로 굳어 있는 단비의 팔을 다혜가 잡아끌었다.

저벅저벅.

거의 영혼 없는 사람처럼 다혜의 손에 이끌려 가는 단비.

그 와중에도 단비의 시선은 강민에게 꽂혀 있었다.

한때는 심장을 뜨겁게 했던 남자였다.

그 불길에 온몸이 활활 탈 것 같았던 순간도 있었다.

스치던 손에서 그의 감정이 자신에게 향해 있음을 확인하기도 했었다.

하지만 지금은 물거품처럼 모든 것이 사라져 버린 후.

뜨거웠던 심장은 차갑게 식어 얼음처럼 단단해져 버렸다.

여전히 그의 입가에는 미소가 드리워져 있었다.

굵은 손아귀에 멱살이 잡힌 채였지만 그가 베어 문 차가운 미소는 여전했다.

그의 모습 하나하나를 천천히 되짚고 있는 단비의 시선.

오직 강민에게만 향해 있었다.

"오스턴, 이제 그만해요."

제인 루시아의 목소리가 높아졌다.

"이 이상의 폭력을 행사한다면 저도 가만히 있지 않겠어요."

진심이었다.

감독을 비롯해 사무국에 진상을 보고할 생각이었다.

프레즈노의 선수가 호텔 로비에서 동료에게 폭력을 행사했다.

남의 말 하기 좋아하는 기자들에게 걸리면 그럴싸한 문제로 포장되기 십상이다.

벌써 주변에 몰려든 사람들이 수군거리고 있었다.

간간이 스마트폰을 들어 촬영을 하거나 스냅 사진을 찍는 사람도 생겼다.

굳이 유니폼을 입지 않아도 어느 정도 얼굴이 팔린 선수라면 금세 누군지 알아보았다.

소문이 안 좋게 퍼지는 건 순식간이다.

더욱이 제인은 프레즈노 그리즐리스 구단주의 딸.

또 팀의 홍보를 맡고 있는 팀장이었다.

신경이 누구보다 더 많이 쓰일 수밖에 없었다.

"흐흐, 제인 다시 봤어. 그리고 꼬맹이 운 좋은 줄 알아! 퉤엣!"

'끝까지 잘난 체군.'

대한민국만 됐어도 한주먹거리도 되지 않았을 오스턴.

여기저기서 너 나 할 것 없이 나를 죽이려 든 자들이 많았던 한국에서의 삶.

길길이 뛰며 죽인다고 멱살잡이를 해대는 오스턴이 무서울 리 없었다.

이런 놈일수록 설악산의 수많은 생사기로의 테스트를 받게 해야 하는데 말이다.

"후훗."

비릿한 비웃음을 보내주었다.

"재수 없는 몽키 새끼……."

나의 태도가 맘에 들지 않았는지 얼굴을 바싹 들이밀었다.

특유의 냄새가 훅 하고 끼쳤다.

'그래, 고맙다.'

나는 정면으로 오스턴의 두 눈을 똑바로 응시했다.

마지막 말 한마디가 결정적이었다.

"그만하라잖아!"

스윽.

아직 나의 멱살을 잡고 놓지 않은 채 비아냥거리고 있는 오스턴.

그의 굵은 손목을 잡았다.

턱.

그리고 서서히 힘을 넣었다.

콰득.

다른 사람의 눈에는 나의 손아귀에 힘이 들어가는 것을 눈치채기 힘들었다.

가볍게 힘을 넣어 부드럽게 움켜잡았다.

"헉!"

다른 사람들보다 나의 손바닥은 잘 단련돼 있었다.

서서히 고통이 전달될 오스턴의 손목.

제대로 느껴질 것이다.

"투수가 함부로 주먹질을 해서야 쓰겠습니까. 곧 메이저 리그에서 활동하실 귀한 몸이 양아치 짓이라니요. 여러분 들의 눈이 있는데……."

투둑.

나의 손아귀에서 손목을 빼려고 오스턴이 힘을 썼다.

잡은 나의 손목보다 오스턴의 손목에서 더 굵은 힘줄들이 톡톡 불거져 올라왔다.

쉽게 놔줄 것 같았다면 멱살이 잡힌 채 끝까지 있었을 것이다.

움켜쥔 오스턴의 손목을 더 힘주어 아래로 끌어 내렸다.

"크흑……."

'용써봐야 고통만 더하지.'

다른 성인들보다 손목이 확실히 더 발달해 있는 오스턴.

근육의 힘이 만만치 않았다.

하지만 나에게는 어림도 없는 반항.

마치 어른에게 잡힌 어린아이의 손목처럼 힘없이 아래로 끌어 내려졌다.

급기야 더는 손목에 힘을 싣지 못하고 풀려버렸다.

"착하게 산자구요. 실력도 실력이지만 성격도 지랄풍년이면 어쩝니까."

미소를 유지한 채 오스턴의 팔을 무릎 아래까지 당겼다.

"으윽……."

이내 일그러지기 시작한 오스턴 필립의 얼굴.

꽤나 고통스러울 것이었다.

"오, 오스턴……."

옆에 서 있던 동료들이 당황한 표정으로 오스턴을 불렀다.

'그러니까 그만하라고 했을 때 멈췄어야지.'

꼭 어린애들은 한 번 큰 소리를 내야 말귀를 알아듣는다.

나이 먹고 덩치 크다고 다 어른인 줄 착각하면 안 된다.

물질문명이 발달한 만큼 정신적 성장은 후퇴했다.

과거에도 물론 이런 부류의 사람들은 있어 왔다.

하지만 더욱 심해진 현대 사회.

겉으로 누리는 풍요로움이 덩치만 컸지, 정신까지 받쳐 주는 이들이 세상에는 드물었다.

이런 사람들을 어른이라고 부르고 있으니 할 말이 없다.

인생이 어떤 의미를 갖고 있고 땀 한 방울의 가치가 얼마나 소중한지도 모르는 사람들.

나를 비롯해 자라나는 청소년들 앞에서 잘난 체할 것 하나도 없었다.

"제인 누나!"

그때 뒤에서 누군가 제인을 불렀다.

막 오스턴의 코를 납작하게 해 두고 상황을 마무리하려는 찰나였다.

"……!!"

나는 소리가 나는 쪽을 돌아보았다.

쿵!!!

일 톤이 넘는 해머로 머리를 한 대 얻어맞은 듯한 충격이 나를 강타했다.

'다, 단비…….'

그녀였다.

그녀가 그곳에 서 있었다.

지난 3년 동안 참 많이 그리웠었던 단비.

예상치 못한 곳에서 꿈에서도 보고 싶었던 그녀와의 해우.

그녀의 까만 눈동자는 흑요석을 박은 듯 여전했다.

여전히 깊은 두 눈에는 알 수 없는 슬픔 같은 게 남아 있었다.

단비 역시 나를 바라보고 있었다.

연한 입술을 아랫니로 꾹 깨물고 깊은 눈동자를 파르르 떨었다.

마치 나를 향한 그리움을 가슴 깊은 곳에 묻은 채 지내왔다고 말하고 있는 듯했다.

모르는 사람이 보면 비련의 여주인공쯤 되는 술 착각할 정도였다.

제3장
철저한 사랑

마스터K

"어머! 이안!!! 이곳에는 무슨 일이야?"

되도 않게 먹살까지 잡고 꼴값을 떨던 오스턴을 교육시
키는 사이 나타난 일단의 무리.

'저, 저 자식!'

그 자식이었다.

서울에 있을 때 스포츠 중계를 통해 봤던 차세대 골프 유
망주.

그때 분명 단비와 데이트를 하던 놈이다.

이안 그레인키.

올해 나이 스무 살.

아직은 나와 같은 나이로 어린 축에 드는 선수였다.

하지만 나타나자마자 차세대 PGA를 이끌어 갈 유망주로 원 톱에 이름을 올린 인물이다.

외모도 그만하면 준수했고 체격도 좋았다.

미국에서는 반 이상 먹고 들어가는 백인.

그가 제인 루시아를 향해 누나라고 부르며 나타났다.

그것도 단비를 옆에 세우고 말이다.

꿈에서도 감칠맛 나게 봤던 것이 전부였던 단비.

"보시는 바와 같습니다. 데이트죠. 그런데 누님은 여기서 뭐하십니까?"

'데, 데이트!'

뿌직.

"크악!"

이안 그레인키의 입에서 흘러나온 말에 나도 모르게 손에 힘이 들어갔다.

그 바람에 나에게 손목이 잡혀 있던 오스턴 필립이 비명을 토했다.

"그러니까… 나도 데이트를 하다가…….."

말을 잇다 말고 나와 오스턴을 번갈아 쳐다보는 제인 루시아.

'제, 제인. 무슨 말을 하는 거예요? 우린 그게 아니…….'

난 순수하게 저녁 한 끼 먹자고 해서 나왔다.

물론 속으로 데이트 기분이 안 났던 것은 아니지만 공식적으로 성격이 달랐다.

내 마음속에서 터져 나오는 구차한 변명들이 얼굴을 화끈거리게 했다.

꼴딱꼴딱 마른침이 타는 목구멍으로 넘어갔다.

눈앞에서 인상을 쓰고 있는 오스턴의 머리통을 한 대 갈기고 싶은 충동이 일 지경이었다.

"어이! 거기!"

"……??"

은다혜였다.

다혜 역시 단비와 마찬가지로 3년 만에 보는 친구다.

그녀도 많이 성숙해져 있었다.

하지만 나를 겨냥한 그녀의 눈빛이 심상치 않았다.

이유는 알 수 없지만 꽤 호의적이지 않았다.

"천하의… 바람둥이 같은 놈!"

"헛!"

나는 어이가 없어 두 눈을 부릅뜨고 말았다.

"……."

주변에 존재하던 약간의 소음들이 순식간에 침묵으로 바뀌었다.

나의 멱살을 잡고 있던 오스턴의 시선부터 동료들의 시선끼지 다혜에게 향했다.

물론 제인도 고개를 돌렸다.

하지만 한 사람만의 시선은 정확하게 나를 향해 있었다.

다혜의 시선과는 전혀 다른 눈빛을 하고 있는 사람.

"발정 난 수캐도 너보다 인간적일 거다. 이 빌어먹다가 노처녀 할망구를 짝을 만날 놈아! 니가 어떻게 단비한테… 으드득."

"으, 은다혜, 그게 무…….."

"닥쳐!"

아예 말을 잇지도 못하게 했다.

"난 네가 LA에서 벌였던 파렴치한 짓을 다 봤어! 하루가 멀다 하고 여자를 바꿔가며 노는 꼴이라니!!"

"그, 그……."

'이건 또 뭔 소리야! 내가 언제?'

"강민! 넌 그 순간부터 아웃이었어!"

'헐!'

주변의 외국인들은 다혜가 무슨 소리를 하는지 알아듣지 못할 텐데 진지하게 몰입하고 있었다.

빤히 연애를 해본 사람들이라면 이 상황이 대충 어떻게 돌아가는지 짐작은 될 것이다.

도대체 나는 은다혜가 무슨 소리를 하는지 알아들을 수가 없었다.

오스턴 필립만 해도 골이 울리는데 다혜까지 힌몫 거든

고 있었다.

무려 3년 만에 상봉한 단비와 단 한마디 인사도 나누지 못하고 있었다.

그런 상황에서 당한 불의의 일격.

전폭기가 민간인에게 융단폭격을 퍼붓는 격이었다.

다혜는 지난 3년 동안 나를 향해 원한이라도 쌓아온 듯 언어폭력을 행사했다.

"손단비 아니야?"

"어머! 맞아 맞아!"

"저 남자 말야, 강민! 강민이야."

문제가 그뿐만이 아니었다.

이곳은 라스베이거스.

수많은 나라의 관광객들이 모이는 곳이었다.

물론 한국에서 온 관광객들도 많았다.

그들이 단비와 나를 정확하게 알아보고 수군거리기 시작한 것이다.

그것도 큰 소리로 다다다 퍼붓던 다혜의 고국어 발포에 주변에 듬성듬성 걷던 한민족들이 한자리로 모여들었다.

"단비야! 가자. 오늘 눈 제대로 버렸다."

"……."

나를 향해 양껏 퍼붓고 돌아서는 다혜.

단비의 시신을 가리며 등을 보였다.

하지만 여전히 나 들으라는 듯 큰 소리로 말하는 것은 잊지 않았다.

"그리고 이 순간부터 저런 저질 카사노바는 잊어버려! 내가 아주 멋진 놈으로 찾아서 소개해 줄 테니까!"

휘익.

말이 끝나기가 무섭게 단비를 획 돌려세워 버리다.

또로록.

보았다.

다혜가 단비의 양쪽 어깨를 돌려세우며 옆으로 비켜서는 순간.

나에게로 향해 있던 두 눈에서 눈물이 떨어져 내렸다.

여전히 두 눈은 나에게 닿아 있었다.

'다, 단비야!!!'

그녀의 이름을 불렀다.

하지만 목소리가 목구멍을 빠져나오지 않았다.

소리가 없었다.

'이, 이런. 안 돼!!'

완벽하게 오해받기 좋은 순간이 아닐 수 없다.

더군다나 LA 어쩌고 하며 다혜가 나를 향해 퍼부어 놓고 간 말들.

어떤 식으로도 해명을 해야 한다.

그러나,

와닥.

"으아아아아악!"

아무리 소리를 내려고 해도 단비의 이름에 소리가 실리
지 않았다.

LA라면 제시카와 아만다가 함께 있을 때였다.

그녀들과 함께 있던 나를 다혜가 본 것이라면 더 정확하
게 상황을 전달해야 했다.

온몸에 힘이 들어갔다.

터져 나오는 비명은 오스턴의 입에서 나왔다.

"K… K!"

놀라고 당황한 제인의 목소리였다.

"겨, 경찰을 불러줘!! 으아아악!"

'오! 마이 갓!'

이건 아니었다.

그토록 꿈꾸었던 단비와의 재회.

얼마나 아끼고 기다려왔던 순간이란 말인가.

당당하게 메이저리거가 되어 그녀를 초청하고 폼 나게
대시할 생각이었다.

하지만 물거품이 되어 버렸다.

어디서부터 잘못됐는지 도대체 감이 잡히지 않았다.

다혜의 폭언 정도는 가볍게 넘길 수 있다.

단비를 잡아야 한나.

이렇게 보내고 만다면 삼류 싸구려 막장 드라마가 따로 없었다.

다혜의 말이 사실화되어 버리고 만다.

난 천하의 몹쓸 바람둥이가 되고 마는 것이다.

"제인 누나! 그럼 다음에 봐요."

"어? 그, 그래."

다혜가 단비의 팔을 끌고 멀어져 가고 있었다.

이안 그레인키 역시 머뭇거리는가 싶더니 이내 두 사람의 뒤를 쫓아갔다.

그 틈에도 나를 한 번 힐끔 쳐다보는 이안 그레인키.

파바밧!

나도 모르게 두 눈에서 살기가 불똥을 튀겼다.

흠칫.

살기를 느낀 듯 살짝 놀라는 이안 그레인키.

타다닥.

돌아서 그는 뒤도 돌아보지 않고 단비를 쫓았다.

'조, 족제비 같은 놈!'

나 역시 당장 멀어져 가는 단비를 쫓아가야 했다.

하지만 상황 전개가 묘하게 돌아갔다.

정황상으로만 봐서는 나는 버림받은 쪽에 가까웠다.

그것도 바람둥이 짓을 하다 걸린 남자.

대신…….

"으아악! 으아아아악!"

다행히 화풀이 대상이라도 있어서 다소 위안이 되기는
했다.

내 손에 잡힌 채 고통스럽게 비명을 질러대는 오스턴.

놈의 찢어질 듯한 비명만이 나의 쓰린 속을 달랠 수 있는
유일한 방법.

마음이 한없이 복잡해졌다.

"와아! 진짜 해도 해도 너무하는 거 아냐?"

다혜는 쉽게 흥분을 가라앉히지 못했다.

물론 단비를 대신해 분노하고 있었지만 상황이 이해하기
쉽지 않았다.

"그새를 못 참고 또야? 3년 동안 어디 산에 가서 카사노
바질만 전문으로 교육받고 온 거야?"

단비의 팔을 붙들고 호텔 밖으로 나온 다혜.

옆에 강민이 있는 것처럼 쉬지 않고 떠들어댔다.

바로 코앞에서 눈으로 목격한 배신의 현장.

당사자인 단비만큼은 아니더라도 다혜가 느끼는 배신감
도 작지 않았다.

길지 않은 시간이었지만 한국 고등학교 재학 시절 강민
에게 호감을 느꼈던 순간도 있었다.

절친 단비가 마음을 둔 사람이 아니었다면 한 번쯤 대시

를 했을 수도 있었다.

개인적인 감정을 걷어내고 단비와 가깝게 지내는 것을 보면서도 참 멋지다고 생각했던 남자였다.

골프부에서는 꽤 멋진 남자의 표상이었던 강민.

당시 아쉽지만 기꺼이 단비에게 양보했었다.

세상은 넓고 남자도 많은 법.

강민 정도의 인물을 기준으로 삼는다면 더 멋진 녀석을 만나게 될 수도 있다고 생각할 정도였다.

그렇게까지 생각해 왔던 강민이 단비의 뒤통수를 후려쳤다.

같은 여자가 봐도 단비만 한 여자는 없었다.

이 시대에 찾아보기 힘든 순수함과 고결의 결정체인 단비.

그런 단비의 숭고한 사랑을 짓밟다 못해 진흙탕에 처박아 버렸다.

'짐승 같은 놈!'

다혜는 단비를 돌아보았다.

어디 숨어 있다가 나왔는지는 모르지만 강민이 모습을 보인 시간만도 꽤 되었다.

그동안 단비에게 단 한 번도 연락을 하지 않았다.

그것만 봐도 강민은 오래전에 단비를 배신했던 것이다.

괜히 단비 혼자서 강민을 마음에 품고 시내왔다는 생각

이 늘자 더 화가 치밀어 올랐다.

게다가 미국까지 와서 놀고 있었다.

손가락이 썩어 문드러지지 않고서야 마음이 있으면서 연락하지 않았을 리 없다.

단비를 잊었거나 무시한 것이다.

머리 좋기로 소문이 자자했던 강민이 단비의 연락처를 잊어버렸을 리도 없다.

"단비야, 이제 확인했지? 지금이라도 알게 돼서 다행이야."

다혜는 단비가 걱정이었다.

"……."

종일 단비에게서 몇 마디 듣지도 못했다.

아예 말을 잃어버린 것처럼 입술을 꾹 다문 채 걸음을 옮기는 단비.

"저런 머저리 왕재수. 완전 문어발 사촌쯤 되는 거야. 그렇지 않고서야 어떻게 저렇게 뻔뻔하게 바람질이겠어."

답답하고 속이 아플 단비의 마음을 짐작하고도 남았다.

단비의 표정에서는 아무것도 읽어낼 수가 없었다.

무슨 생각을 하고 있는지 짐작할 수도 없는 다혜.

단비를 대신해 강민을 욕하고 헐뜯어주는 것밖에 할 일 없었다.

"넌 복도 많은 거야~! 하나님 부처님께 감사해야 돼. 어

쩜 저런 천하의 바람둥이의 진면목을 확인하게 해주셨잖아
~"

조금이라도 독한 마음을 심어주기 위해 씩씩거리며 열을
올리는 다혜.

"……."

단비는 여전히 아무 말이 없었다.

스르릇.

한쪽 팔을 붙들고 있던 다혜의 손을 조용히 밀어내는 단
비.

무심한 표정으로 호텔 밖 화려하게 물을 뿜어 올리는 분
수를 바라보았다.

"예쁘네……."

전혀 분위기에 맞지 않는 단비의 한마디.

어울리지 않았다.

"단비야……."

더 이상 할 말이 없어진 다혜.

감정 없는 단비의 말투와 무표정한 시선이 무엇을 말하
고 있는지 정도는 짐작했다.

단비의 두 눈에 가득 찬 진한 슬픔.

그것은 더 이상 말로 표현할 수 없는 단비의 마음이었다.

"단비! 무슨 일이야?"

타다닥.

뒤따라 나온 이안이 물었다.

곧장 단비의 표정을 읽어내기 위해 살피는 따뜻한 눈동자.

단비는 친구라는 이름으로 선을 긋고 지냈지만 이안 그레인키는 그렇지 않았다.

골프 스쿨을 함께 다니면서부터 마음에 두고 있었던 단비였다.

한동안 한국으로 가 지냈던 단비.

돌아올 때는 성숙한 여인의 모습으로 나타났다.

골프 실력 또한 탁월했지만 미국인 같지 않게 동양 여성의 매력을 한껏 품고 있었다.

품위 있는 몸짓과 정신적으로도 같은 또래 미국 여성들에 비해 성숙했다.

이안 그레인키에게는 그 어떤 여성들보다 더 가까이에 두고 싶은 단비.

그녀의 표정이 지금 좋지 않았다.

'그녀석과 무슨 연관이 있다.'

이름도 없는 평범한 사람 같았다.

하지만 제인 루시아와 함께 있는 것으로 보아 민간인은 아닐 것이다.

은다혜의 반응으로 보아 세 사람이 어떤 인연이 있는 것만은 분명해 보였다.

시즌 중이었지만 특별히 시간을 내 단비와의 데이트를 즐겼다.

가끔 가볍게 알고 지내는 파파라치를 동원에 뒤를 밟게 해 몇 장의 사진을 언론에 노출시켜 오기도 했다.

오늘도 역시 단비의 가장 친한 친구가 미국에 들어와 있다는 소식을 접하고 달려온 것이다.

좀처럼 진도가 나가지 않아 점수를 따볼 생각이었다.

자가용 비행기를 동원해 날아온 라스베이거스.

맛있는 저녁 식사와 분위기 있는 호텔.

적당히 분위기가 무르익어가고 있었다.

하지만 삽시간에 분위기가 뒤바뀌고 말았다.

예기치 않은 소란.

제인 루시아와의 만남.

크게 연관이 없어 보였지만 다혜의 과한 반응만 봐도 이안 그레인키가 모르는 어떤 사연이 있는 게 분명했다.

평소에도 속마음을 쉽게 드러내는 일이 없는 단비.

단비는 지금까지 봐온 모습과 사뭇 다른 분위기를 보이고 있었다.

전기 잔류가 느껴지는 듯한 슬픔 같은 게 느껴졌다.

그건 그만큼 단비의 마음이 아프다는 신호였다.

요즘 부쩍 뭔가 고민이 있는 듯해 보였던 모습도 떠올랐다.

사촌인 제인 루시아 역시 다혜가 겨냥했던 청년과 관련이 있어 보였다.

"이안, 사실은 아까 그놈이……."

"다혜야!"

"어? 어……."

다혜가 뭔가를 말하려다 단비의 제지에 입을 다물었다.

차갑고 냉정한 단비의 목소리.

평소 단비가 다혜를 대하는 태도와 달랐다.

웬만해서는 다혜에게 친절하고 다정하게 대해왔던 단비였다.

하지만 지금 분위기는 전혀 그렇지 않았다.

자칫 말을 듣지 않았다가는 대번에 인연을 끊을 기세였다.

은다혜는 입술을 꽉 깨물었다.

"이안, 집에 데려다 줘. 쉬고 싶어."

"그, 그래, 곧장 가는 걸로 하자."

자가용 비행기를 이용하는 것이니 전화 한 통만 해두면 됐다.

단비의 감정 없는 목소리에 이안 그레인키 역시 긴장감이 느껴졌다.

오랫동안 단비를 알고 지내왔지만 이런 모습은 처음 대면하고 있었다.

"피곤해……. 가는 동안 조용히 가고 싶어. 두 사람 다…
그렇게 해 줘."

"아, 알았어."

"……."

다혜는 대답마저 삼키고 말았다.

여자가 한을 품으면 오뉴월에도 서리가 내린다는 말이
있다더니 단비를 통해 제대로 느끼고 있었다.

괜히 한마디라도 더 보탰다가는 본전은 고사하고 내일
짐 싸서 한국으로 들어가야 할 것만 같은 분위기다.

'강민! 다 너 때문이야! 이 나쁜 놈.'

다혜의 분노 게이지는 강민에게 향해 있었다.

부글부글 끓어오르는 분노.

차라리 앞에서 어떤 변명이라도 지껄였다면 단비가 이
정도로 아파하지는 않았을 것이다.

하지만 한마디도 하지 않던 강민.

오죽했으면 변명 한마디 못했을까.

두 번 다시 보고 싶지 않았다.

다시 보게 된다면 가만두지 않을 생각이다.

사람이 사람의 마음을 배신하는 것만큼 잔인한 일은 없
다고 생각하는 다혜.

그것도 단비의 순수한 사랑을 배신한 강민.

고이고이 간직해 온 그 마음을 난자당한 기분일 게 빤

했다.

단비를 대신해서라도 처절하게 응징해 줄 참이다.

"휴, 에휴……."

한숨이 모래바람처럼 칼칼하고 답답했다.

온 방 안을 흘러 다니는 한숨 소리.

한바탕 소란을 겪고 호텔 숙소로 돌아왔다.

그럴싸한 호텔에 비해 싸구려 숙소였지만 2인실로, 지내기엔 안성맞춤이다.

그나마 라스베이거스에 위치한 덕분에 그럭저럭 만족했다.

나는 침대 위에 큰 대자로 누워 천장만 뚫어져라 쳐다보았다.

머릿속에서는 호텔 로비에서 스쳤던 단비의 모습이 떠나지 않았다.

돌아서던 때의 그 모습.

계속해서 그 모습만이 리플레이되고 있었다.

'도대체 어디서 날 봤다는 거지……?'

은다혜의 눈빛에서는 거의 경멸에 가까운 시선이 느껴졌었다.

나를 동네 똥개계의 발바리 정도로 취급하던 다혜의 말들.

콕 찍어 LA에서 나를 봤다고 했다.

'그걸 봤나?'

야구장에서의 사건이 떠올랐다.

그때 아만다가 내 품에 안겼었다.

혹시 그때라면 단비를 비롯해 다른 사람들도 오해할 만한 장면이긴 했다.

그 일이라면 나는 그 누구보다 당당했다(?).

나의 결백을 주장할 만한 근거는 없지만 그냥 영웅놀이 정도였다.

아무도 믿어줄 사람이 없다는 게 문제였지만 말이다.

단비의 눈빛이 마음에 걸렸다.

다혜가 나에게 그렇게까지 말할 정도라면 단비도 오해하고 있을 가능성이 높다.

'정말 아닌데… 단비야…….'

나는 스마트 폰을 닳을 정도로 만지작거렸다.

계속해서 휴대신화를 들었다 놓았다를 반복하고 있는 나의 모습이 정신 나간 놈 같았다.

어쩌면 설악산에서 내려왔을 때 전화를 했어야 했는지도 모른다.

하지만 그때 나는 아무것도 없었다.

예린이의 도움을 받고 있기도 했고 처지가 말이 아니었다.

남자의 자존심 한 번 세우려다 일을 망치고 말았다.

머리 좋은 게 전혀 도움이 되지 않는 상황이다.

연애에는 천재적인 머리가 장애가 되는 처지다.

양 도사가 전수한 연애 지침들이 있었지만 도통 신뢰가 가지 않았다.

정작 본인도 연애에 실패한 마당에 누가 누구를 코치한다는 말인가.

불신했다.

다른 건 몰라도 연애에 있어서는 내가 선배라고 자부했다.

극한으로 사람을 몰아넣어 한계를 느끼게 하는 데는 능통해도 연애는 잼병인 양 도사.

'만나서 해결하면 될 거야! 이 정도로 금이 갈 마음은 아니었잖아…….'

나는 위안거리들을 찾았다.

이 정도로 우리 사이가 벌어질 리는 없었다.

단비와 내가 서로에게 느꼈던 감정은 플라스틱 인연이 아니었다.

'믿음으로 대동단결!!'

나는 두 주먹을 움켜쥐었다.

나의 마음이 기필코 단비를 한 번도(?) 잊어본 적이 없었나.

만년 바위처럼 무겁고 굳센 남자의 마음이다.

헤어지기 전 특별한 관계를 약속하지는 않았지만 단비와 나의 마음은 서로 통했었다.

이깟 오해의 부스러기들 따위로 사라질 그런 감정이 아니었다.

"에휴……."

하지만 마음과 달리 입술에서 나오는 건 긴 한숨뿐이었다.

"하하하, K. 무슨 일 있는 거야? 한숨 소리에 천장이 무너지겠는걸!"

'아!'

잊고 있었다.

오늘 밤 나와 동침 상대로 간택된 투수 크릭 헤스톤.

그가 욕실에서 소리쳤다.

"아무것도 아닙니다……."

"여기까지 K 한숨 소리가 들린다고."

"……."

190에 육박하는 장신에 근육이 발달한 거구 크릭 헤스톤.

콧수염이 덥수룩한 게 자칫 지저분해 보이는 인상이다.

"여자 문제지?"

푸른색 바탕에 검정 땡땡이가 박힌 사각팬티만 설치고

욕실에서 나왔다.

'……?'

단박에 한숨의 근원을 파악해 버린 크릭 헤스톤.

"아, 아닙니다."

나는 부정했다.

"무슨 소리야. 이래 봬도 내가 한때 캘리포니아를 주름잡았던 사람이라고. 내 코를 속일 수 있을 것 같아?"

수건으로 몸 이곳저곳을 닦으며 가까이 다가온 크릭.

두 눈을 정확하게 맞추며 뭔가를 캐내려 하는 의지를 보였다.

아니 확신에 찬 시선으로 나를 직시했다.

"K~ 자네 한숨의 정체는 분명 여인으로 인한 거야. 냄새가 난다고. 진한 고통의 숨결이 맡아지거든."

움찔.

빼도 박도 못 하게 바짝 다가와 확인 사살을 했다.

이미 나의 눈동자가 흔들렸다.

"네… 맞아요."

번데기 앞에서 주름 따위를 잡을 수 없었다.

덜컹.

슥슥슥.

머리에 수건을 걸치고 나머지 싱글 침대 위에 육중한 몸을 던졌다.

"싸운 거야?"

"아니요."

"그럼. 바람이라도 폈어?"

"……."

대답이 선뜻 나오지 않았다.

머릿속에서는 아니라고 대답하고 있었지만 변명거리가 생각나지 않았다.

"들켰어?"

"네……."

난 바람을 핀 것도 아니었지만 역시 방 안의 분위기 역시 호텔 로비에서의 상황과 다르지 않게 흘러갔다.

"배신감에 잠 못 자겠군. 그 나이 때는 사랑이 세상 모든 것의 기준이지."

연륜이 묻어나는 크릭 헤스톤의 말이 나를 한 번 더 흔들어 놓고 있었다.

"K! 사람도 야구랑 다르지 않아. 자네가 아무리 공을 포수 미트에 잘 던져 넣고 또 받는다고 해도 여자 마음까시 어떻게 할 수는 없어."

"……."

"여자들 마음은 말이야. 하늘의 별 수만큼이나 다양한 색을 띠거든."

"……."

크릭 헤스톤이 무슨 말을 하고 싶어 하는지 귀에 잘 들어오지 않았다.

배신감과 여자들 마음이 무슨 상관이 있다는 말인지 쉽게 이해가 되지 않았다.

"한국?"

"네, 고등학교 때 친구입니다."

"하하, 그럼 다행인 점도 있겠군."

"……."

"자네가 어떻게 생각할지 모르지만 이래 봬도 난 그 시절 슈퍼스타 안 부러웠지. 럭비부 주장도 밀어냈을 정도로 고교에서 인기가 많았거든. 다만, 헤어질 때 총알받이가 될 뻔한 것만 빼고 말이야."

'총알받이!'

이야기가 이상한 쪽으로 흐르고 있었다.

설마 단비가 나에게 총을 겨눌 거라는 생각은 전혀 들지 않았다.

하지만 그녀는 엄연하게 미국 시민권자였다.

또 총기 소지가 합법적인 미국.

"아직 그녀를 사랑하는 거야? 그래 보이는데."

나의 표정을 하나도 놓치지 않고 있는 크릭.

그 어떤 대답도 한 게 없음에도 나의 마음을 꼭 짚어내고 있었다.

진정 연애 전문가다운 포스를 보이고 있는 크릭 헤스톤.

"사랑하는 걸까요?"

나도 모르게 엉뚱한 말이 튀어나왔다.

"무슨 소리야? 사랑하는 사이가 아니었다는 말이야?"

"…잘 모르겠습니다. 하지만 좋아합니다. 첫 느낌이 강렬했거든요."

없었던 얘기를 만들어서 할 수는 없었다.

어떻게 보면 지금 이 순간은 인생에 처음 가져 보는 연애 상담 시간이었다.

나는 사실을 그대로 말했다.

단비가 좋았던 것은 사실이지만 그게 사랑인지는 확신할 수 없었다.

연인 관계라고 하기에는 함께한 시간이 너무 짧았다.

그리고 예상치 못한 헤어짐으로 그 어떤 것도 확인할 시간이 없었다.

뭐라 단정해 말하기에는 너무 애매한 단비와 나의 관계.

다만 단비를 떠올리면 가슴이 뜨거워졌다.

그렇다고 해서 인생의 모든 것을 던질 만큼 나를 뒤흔드는 것도 아니었다.

"농후해."

"네? 뭐가 말입니까?"

"정말 모르는 거야?"

"……."

"카사노바 냄새가 방 안에 가득해."

"……."

낯설지 않은 말이다.

벌써 그만큼 내 삶에 깊숙이 관계된 말이 되어 버린 걸까.

"정말 몰라서 그런 눈빛을 하는 거야?"

"…네."

"……."

크릭 헤스톤 역시 나와 비슷한 눈빛으로 나를 쳐다보았다.

확정해 둔 여자 친구가 없다는 사실이 때로는 이런 오해를 불러일으킬 수도 있다는 말처럼 들렸다.

"잘 생각해 봐. 좋아하기는 하는데 사랑하지는 않는다? 그리고 그 여성 앞에서 다른 여성과 데이트를 즐겼다. 그리고 들켰다?"

"……."

"그건 아주 초보자들이나 하는 실수야. 그리고 실수를 했다면 인정하라고. 초보자가 실수를 만회하는 방법은 간단해!"

씨익 웃으며 다시 한 번 나의 얼굴 가까이에 코를 바짝 댔나.

"꿇어."

"……??"

그리고 한다는 말이 고작 꿇어란다.

인생 선배(?)가 연애 상담해 주면 한다는 말이 '꿇어'라니.

"진심으로 그 여성이 너의 인생에 빛나는 존재라는 확신이 선다면 무릎을 꿇어!"

헤릭의 말은 농담이 아닌 듯했다.

"여자 마음을 움직이는 방법에는 감동이 필요하거든. 이성과 평화 존중, 동료애 같은 이상적 사상들은 안드로메다로 보내 버려!"

"……."

"그때는 말이야. 오로지 심장이 시키는 대로 움직여야돼. 자네도 나처럼 가정과 인류 평화에 이바지하는 선구자가 될 수 있어. 희망을 가져!"

따타.

'컥!'

내 모습이 크릭 헤스톤에게는 재미있어 보일 만도 했다.

어깨를 툭툭 치며 돌아서는 크릭.

가정을 꾸리고 사는 한 남자의 여유 같은 게 느껴졌다.

얏 도사가 실전 없이 사사했던 구두 연애 교습보다는 훨씬 가슴에 와 닿는 말들이었다.

물론 크릭 헤스톤의 말처럼 무릎을 꿇어서 해결될 일이라면 간단했다.

그 정도에 자존심을 걸고 말고 할 것도 없었다.

하지만 문제는 누가 뭐라 해도 나는 나름(?) 떳떳하다는 것이다.

저 높은 하늘을 우러러 한 점 부끄러울 일이 없었다.

맑은 하늘마저도 한두 점 구름은 떠다니게 마련이지 않는가.

털어서 먼지 안 나는 놈 없다고 했다.

세상에 실수 없는 인간이 없고 법 없어도 살 사람마저도 한두 가지 흠은 옵션으로 달고 다니는 세상이다.

하물며 신도 아니고 어떻게 무결점일 수 있겠는가.

까놓고 신들도 실수를 하는데 말이다.

제우스도 한눈을 팔았다.

헤라 여신 역시 조선의 희빈 못지않은 질투로 똘똘 뭉친 여인이었다.

옥황상제 옆을 지키는 선녀들은 하나같이 절세미인이었다.

크릭은 주섬주섬 옷을 챙겨 입었다.

거울을 보며 대충 머리를 슥슥 손가락으로 빗어 넘기는가 싶더니 다시 나를 향해 돌아보았다.

"그것도 아니라넌… 더 넓은 세상을 보라고, K. 내가 자네 같은 능력에 그 나이라면 온 아메리카 여성들을 모두 품을 수도 있을 거야."

탁탁.

주먹으로 자신의 가슴을 치며 호기롭게 말하는 크릭 헤스톤.

말은 누가 못하겠는가.

"……."

"어떤 여성인지는 모르지만 남자의 이상을 보여줘! 재력과 능력을 함께 갖춘 남자의 화려한 청춘이 무엇인지 제대로 한 번 공포해 보라고!!"

자신의 인생 경험까지 더해 나에게 힘껏(?) 힘을 실어주고자 애를 썼다.

'아놔~ 그럼 그렇지.'

크릭 헤스톤도 역시 아저씨였다.

한다는 충고가 그럼 그렇지였다.

아저씨들의 결론은 하나같이 남자의 뭔가를 보여주는 것으로 종결되기 일쑤였다.

시작은 양 도사의 지론과 뭔가 다를 것 같았지만 결론은 하나.

뜨거운 가슴을 안고 세상 마음껏 휘저으며 살아가라였다.

특별하지만 참 평범하기 그지없는 조언.

냉수 한 잔에 밥 한 그릇을 말아먹어도 마음 편하고 싶었다.

물론 사랑하는 여인과 한평생 살 수 있다면 그 또한 감사한 일.

하지만 대부분 주변에서 조언하는 남자의 삶은 달랐다.

고래등 같은 기와집에 당연히 절세 여인을 옆에 끼고 앉아봐야 알게 되는 게 삶이었다.

'저것도 충고라고……. 에휴.'

뭐 하나 잡히는 게 있으면 휙 던지고 싶었다.

목구멍을 치고 올라오는 열 덩어리 같은 게 뿜어져 나오려고 했다.

아저씨 수준까지는 멀었지만 나도 남자였다.

크릭 헤스톤의 말 대로 마음만 먹는다면 굳이 누군가 유혹하지 않아도 사과는 딸 수 있었다.

그만한 능력이 나에게도 충분했다.

꼭 뱀과 이브를 내세워 꾀지 않아도 가능한 나만의 능력.

누가 봐도 매력 넘치는 이 시대의 아담이다.

'아냐, 아냐. 굳이 나까지 그렇게 살 필요는 없어.'

귓가에 속삭이는 유혹의 말들.

달콤하긴 했다.

하지만 시궁창에 몸을 담그기로 마음먹었다면 대한민국에서도 충분히 먹고살 만했다.

'조국과 민족의 무궁한 발전… 기다려 보자!'

크릭 헤스톤이나 양 도사의 삶이 절대적으로 모범적이지는 않다.

젊은 시절을 지나온 사람들의 가벼운 조언에 나의 첫 번째 인생과 청춘을 실험적으로 살아버릴 수는 없다.

양 도사의 충고를 겸허히 흘려보냈던 것처럼 크릭의 말 역시 한 귀로 듣고 나머지 한 귀로 흘려보냈다.

나의 문제는 내 스스로 해결하는 게 가장 현명한 방법.

띠링 띠링 띠리리링♬.

그때 크릭 헤스톤의 휴대전화가 울렸다.

덩치에 어울리지 않게 클래식 음률이 흘러나왔다.

"헛!"

핸드폰을 집어 들자마자 깜짝 놀라는 크릭 헤스톤.

끼릭.

곧장 통화 버튼을 눌렀다.

"오··우. 내 영혼의 스타~ 하니 하니 하니."

'우웩.'

방금 전까지 남자의 삶이 어쩌고 하며 당당하게 살라고 했던 크릭 헤스톤.

기상을 세상 널리 펼쳐 유포하라 하던 사람이었다.

걸려온 전화를 받는 자세가 가관이 아니었다.

두 무릎을 탁 붙이고 한 쪽 손으로 나머지 손의 팔뚝을 받치며 다소곳한 자세를 취했다.

"하니~ 저녁 먹었어?"

"밥? 그럼~ 진작 먹었지. 으응~ 하니는 어땠어~"

"요즘 몸도 안 좋은데. 꼭 챙겨 먹어. 응응. 원정 때마다 따듯한 내 마음을 전할 수 없어서 얼마나 속상한데~"

"……."

'으으으.'

큰 덩치에 어울리지 않게 몸까지 배배 꼬았다.

그리고 비음 섞인 목소리로 앵앵거리기 시작했다.

달달을 넘어 느글느글해지는 듯한 방 안의 공기.

크릭 헤스톤의 통화 내용을 옆에서 듣고 있자니 저녁으로 먹은 요리들이 위에서 뿜어져 나오려고 했다.

"마음 같아서는 지금 당장 달려가고 싶지~"

나는 손바닥을 펴 양쪽 귀를 막았다.

그러나 워낙 발달해 있는 청각 기능 때문에 전혀 기능을 못하는 손바닥.

"아잉~ 방금 씻었지~"

"하니도 방금 씻었다고? 보고 싶어졌다고? 그랬구나~ 흐흐흐."

반쯤 눈이 풀린 채인 크릭 헤스톤.

나와 함께 한 공간에 있다는 것을 잊어버린 듯했다.

19금 대화도 서슴지 않고 했다.

또 다른 색깔의 분노 게이지가 차근차근 눈금을 올렸다.

"내일도 경기 있어?"

"음음~ 내일은 쉬고 이틀 뒤부터 경기야."

크릭 헤스톤은 침대 끝에 엉덩이를 걸치고 다소곳이 앉았다.

가슴에 털이 수북한 게 양 도사의 미국 버전처럼 느껴졌다.

거의 수준이 비슷한 허풍쟁이에 또 다른 모습을 보이고 있는 크릭 헤스톤.

그래서 사람은 겪어봐야 안다고들 하는 것 같다.

"그럼, 모레 루이스와 함께 응원 갈게."

"어? 루, 루이스? 모레 같이 온다고?"

"응, 루이스가 아빠 경기하는 거 보고 싶대."

순간 크릭 헤스톤의 얼굴빛이 달라졌다.

살짝 당황하는 듯한 기색.

'좋겠네…… 응원 오겠다는 사람도 있고.'

미국에서는 아이들에게 아빠가 야구선수인 것은 대단한 일이라고 했다.

크릭 헤스톤의 아들 역시 마찬가지일 것이다.

비록 어깨가 망가져 큰 활약을 하고 있지는 못하지만 그래도 현역 선수.

친구들 앞에서는 여전히 자랑할 만한 아버지일 깃이다.

"으음……. 알았어. 표 구해 놓을게. 사랑해, 하니. 잘자."

"하니도 내 생각해. 보고 싶어~ 사랑해."

"나도 사랑해~ 달링."

장난기 섞였던 처음의 표정과 사뭇 달라진 크릭의 모습.

굳어져 있었다.

목소리는 평정심을 유지하려고 애썼지만 표정까지 감추지는 못했다.

띠릭.

통화를 끝낸 크릭 헤스톤.

"하아~ 후우……."

길게 숨을 들이켰다 내쉬었다.

"무슨 일 있습니까?"

모른 척 물었다.

며칠 되지 않았지만 마음을 열고 다가와 준 동료였다.

프레즈노 선수들 중에서도 유난히 나에게 친절한 크릭.

그의 표정이 조금 전 나를 위해 갖은 충고를 날리던 순간과 많이 달랐다.

순식간에 근심 걱정으로 어두워진 얼굴.

"아내와 아이가 찾아온다고 해."

목소리는 차분했다.

"네? 선발도 아니잖습니까."

이번 원정 경기에 크릭 헤스톤은 등판하지 않았다.

사실상 내가 아니었다면 홈경기에서도 보기 좋게 박살이 났을 것이다.

특히 투수의 경우 팔이 망가지게 되면 몸의 전체적이 균형 밸런스에 이상이 오게 돼 있다.

크릭 헤스톤의 경우 하체 밸런스부터 시작해 투구 폼까지 완전 엉망이었다.

정교한 메커니즘 그 이상의 밸런스로 굴러가는 게 투수의 몸이었다.

기계의 정교함에 비교될 정도.

현 상태로 크릭 헤스톤은 메이저리그는 고사하고 루키 리그로 강등돼도 할 말이 없었다.

"루이스에게 추억을 남겨 주고 싶은 거 같아."

'뭔 소리야……'

묵직한 기운이 좀 전에 가볍게 신났던 크릭 헤스톤을 순식간에 감싸 버렸다.

"좋은 일 아닙니까?"

"곧… 은퇴를 할 생각이야."

"헛!"

"오래전부터 계획했던 거야."

크릭은 두 무릎 사이로 고개를 떨구었다.

그리고 두 팔로 괴로운 듯 머리를 감쌌다.

"마지막으로 메이저리그에 올라간 내 모습을 보여두고

싫었는데… 틀렸어. 팀뿐만 아니라 동료들에게도 더 이상 짐이 되고 싶지 않아…….″

오늘 아주 날을 잡은 듯했다.

나뿐만 아니라 크릭 헤스톤에게도 일진이 좋은 날은 아닌 듯했다.

함께 뛰는 동료 이상의 그 무엇이 나와 헤스톤 사이를 채우는 것 같았다.

씁쓸함이 잔뜩 느껴지는 가장의 모습이 엿보였다.

나는 아직 경험하지 못한 그 무엇.

그의 어깨를 짓누르는 게 과연 무엇인지 정확하게 알 수 없다.

단지 아들에게 추억을 만들어 주고 싶었고, 그래서 오늘 이 자리까지 버티고 왔다는 것.

그것만은 분명히 느낄 수 있었다.

그 누구보다 크릭은 자신의 몸 상태를 잘 알고 있을 것이다.

그럼에도 불구하고 지금까지 버텨왔다.

오로지 아들에게 멋진 아빠가 되고 싶은 욕심뿐이었을 것이다.

세상 모든 아버지의 마음 같은 게 아닐까.

다시 고개를 든 크릭의 얼굴은 괴로운 듯 인상을 쓰고 있었다.

그의 미간에 깊은 주름이 금세 잡혀 있는 게 보였다.

운동선수로서 결코 피해 갈 수 없는 부상과 은퇴.

크릭 헤스톤에게 운명의 화살이 겨누어졌다.

"K, 사랑할 수 있을 때 마음껏 사랑해. 야구도… 여인도… 그리고 꿈도 말이야."

"……"

크릭 헤스톤은 나를 바라보았다.

"후회는 언제해도 늦는 법이야. 놓치고 싶지 않다면 이 순간 처절하게 사랑해. 한 번뿐인 인생, 막차를 탄 이들처럼… 아무 생각 없이 흘러갈 수는 없잖아."

진심이 담긴 그의 말에서 크릭의 심정이 느껴졌다.

막차를 탄 이들의 삶.

나는 그게 어떤 삶을 말하는지 잘 모른다.

그러나 한 가지.

이 순간을 놓치지 말라는 말은 나의 삶의 지론과 같았다.

인생 선배로서의 진정한 충고였다.

먼저 인생을 살아본 사람들이 고통 속에서 얻은 성숙한 충고.

'처절하게 사랑하라……'

왠지 모를 울림이 나에게서 일어났다.

여러 의미가 함축되어 있는 크릭 헤스톤의 말.

가슴뿐만 아니라 냉정한 이성과 계획까지 다 포함되어

있는 사랑 방식.

단연 성공한 자들의 삶에는 여인과의 사랑뿐만 아니라 자신의 일도 균형적으로 포함되어 있었다.

스윽.

침대 옆에 놓여 있던 낡은 야구공을 집어 드는 크릭 헤스톤.

손가락으로 공을 천천히 굴렸다.

'……??'

그때 눈에 띄는 게 있었다.

야구공에 씌어 있는 오래된 글자.

'메이저리그 첫 승을 기념하며' 다.

제시카가 말한 야구 선수만이 품을 수 있는 뜨거운 첫 키스의 추억.

덩치 큰 크릭 헤스톤이 마치 평범한 보통 사람처럼 보였다.

한때 화려한 시절을 보냈던 자신의 모습을 떠올리는 것 같았다.

휘익.

턱.

공중에 볼을 던지며 아무 말 없이 캐치볼을 하는 크릭 헤스톤.

"……"

잠깐 동안 방 안에는 침묵이 깔렸다.

그의 손 안에서 떠올랐다 또다시 손바닥에 떨어지는 공이 만들어낸 소리만이 조용하게 공간을 채웠다.

전체적으로 씁쓸함이 자욱하게 깔리는 방 안.

이제 출발선에 선 나와 곧 떠나야 하는 크릭 헤스톤의 묘한 시점이 교차되고 있었다.

결국은 죽는 자와 태어나는 자들의 공존처럼 세상의 또다른 모습이 이 방 안에서 벌어지고 있었다.

제4장

드래곤 K

"K! K! K!"

"그라운드의 미친 드래곤 K를 내보내라!"

"K! K! K! K!"

"여기가 원정 구장 맞습니까?"

"이게 꿈은 아니지?"

3연전 중 하루를 푹 쉬고 다시 출전한 두 번째 경기.

그렇게 크지 않은 라스베이거스 피프티원스 홈구장.

관중석을 가득 메운 야구팬들이 K의 이름을 외쳤다.

라스베이거스 구장에 단 한 번 등장했던 K.

전광판을 박살 낸 최초의 선수로 대형 홈런을 때린 미친 드래곤으로 소문이 퍼져 나가고 있었다.

메이저리그에 선수를 공급하는 정도의 물줄기 역할을 하는 트리플A 리그.

사실상 눈에 띄는 걸출한 선수, 특히 스타급은 드물었다.

메이저리그나 마이너리그 역시 쓸 만한 선수는 언제나 부족했다.

스타의 기미가 보이는 인물들은 일찌감치 콜업되어 올라가기 일쑤였다.

아무리 지역 연고 구단에 대한 충성심이 강한 팬들이라 해도 팀과 경기에 생기를 몰고 다니는 선수라면 기꺼이 반겼다.

그것도 폭풍처럼 경기의 흐름을 제압하고 선발 투수와 야생마처럼 에너지를 불어넣는 타자라면 더욱 그랬다.

가슴이 뭉클해지고 뭔가 영웅적 스토리들을 즐기는 미국인들.

홈팀 선수가 아니라는 게 아쉬웠지만 그래도 상관없었다.

원할 때 한 방 터뜨려 주는 센스.

짜릿한 파워까지 겸비한 신비의 동양 선수.

손에 땀을 쥐게 했던 이틀 전의 경기에서 맛봤던 흥분을 잊지 못하고 있었다.

게다가 하루를 쉬는 동안 기여 방송과 야구팬들에게 엄

청난 이슈거리로 급부상했다.

본격적으로 달아오르기 시작한 메이저리그.

본 방송에도 중계되었던 전광판을 박살 낸 K의 홈런.

관중석에서 K를 연호하는 이유가 다 있었다.

온종일 폭염이 이어지던 뜨거운 태양.

그 열기를 식혀줄 시원한 레몬 소다 같은 역할을 해줄 야구계의 혜성이 필요한 순간이었다.

"하하, 이거 오늘도 K를 내보내야겠는데요? 팬들이 이렇게 환호하고 있는데 나가줘야겠지요? 그렇죠, 감독님~"

국가를 부르고 선수 소개를 마친 직후.

경기 시작을 기다리고 있던 포수 잭 윌리엄이 감독의 눈치를 살피며 너스레를 떨었다.

벤치 한쪽에서 쉬고 있던 K에게 눈짓을 보냈다.

씨익 웃으며 하얀 이를 드러내 보이는 여유도 부렸다.

"그건 무리야. 어제 하루 쉰 걸로는 부족해. 누적된 피로가 있을 거야. 홈에 들어가면 선발로 뛰어야 하는 거 몰라?"

투수 코치 펫 라이크가 끼어들며 고개를 저었다.

이미 마무리가 아닌 선발진으로 내정돼 있는 K.

장기적으로 사용하기 위해서는 보호할 필요성이 있었다.

"어떤가 K. 오늘 나가볼 텐가?"

며칠 사이 K를 대하는 말투가 한결 부드러워진 밥 마리오 감독.

개인 장비도 구비하지 않고 나타나 처음에는 건방지게 봤었다.

하지만 실력이 깡패라고 생각을 바꿔 먹었다.

다른 선수들은 흉내도 낼 수 없을 만큼의 에너지를 몰고 다녔다.

K를 보고 있으면 식어가던 야구에 대한 열정이 절로 샘솟듯 부글부글 끓어올랐다.

사사삭.

1회 초 공격부터 시작이었다.

덕아웃에 모여 있던 선수들의 시선이 모두 K에게 향했다.

아직은 맡은 보직이 전혀 없는 K.

모자를 깊숙이 눌러쓰고 해바라기 씨를 까먹고 있었다.

그것도 정성스럽게 한 톨 한 톨 껍질을 벗겨서 입에 넣고 있는 모습.

"오늘은 내야수를 맡고 싶습니다."

"내야수?"

"K! 설마 내 자리를 노리는 거야!"

"어떤 자리를 말하는 거야?"

내야수 쪽을 맡은 선수들이 순간 술렁였다.

스윽.

오른쪽 집게손가락으로 모자를 슬쩍 위로 올리는 K.

씨익.

내야수들이 긴장한 눈빛으로 K의 움직임에 촉각을 곤두세웠다.

K는 재미있는 구경거리라도 되는 듯 그들을 한 번 쫙 훑었다.

"오늘 한 경기 쉬고 싶은 분 없습니까?"

외야수들과 달리 좀 더 세밀하고 정교한 수비력을 요구하는 내야수 자리.

팀의 중심 타선이 차지하고 있는 1루수 말고도 수비력이 우선시되는 포지션이었다.

"뭐야? 그 말은 설마 내야수 모든 포지션을 소화할 수 있다는 말이야?"

"말도 안 돼!!"

"맞아, K. 농담하지 말라고."

중견수나 우익수 같은 외야수들은 종종 포지션 변화가 가능했다.

하지만 내야수는 포지션 변화가 거의 불가능한 자리다.

순간 역동작 같은 세밀한 수비력이 필요했기에 특화된 수비 위치였다.

"그럼 내 자리에서 해봐."

"카터! 미, 미쳤어?"

"유격수를 맡기겠다고?"

쇼트 스탑(Short stop)이라고 불리는 포지션.

순발력이 뛰어나고 송구력이 우수해야 한다.

동시에 수비 범위와 센스, 2루수와의 호흡이 가장 중요한 수비 위치다.

유격수와 2루수 사이에 벌어지는 콤비플레이를 특별히 키스톤 콤비네이션이라고 부르는 이유가 그 때문이다.

그만큼 수비의 핵심으로 그 중요성이 남다른 자리다.

게다가 카터 주리카는 오늘 주전 유격수.

그 자리를 양보하려고 했다.

평균 타율이 2할 5푼대에 그치지만 수비력만은 인정받고 있는 선수다.

물론 자이언츠의 40인 로스터에 들어 있는 유망주였다.

"감사합니다~ 오늘 하루 더 쉬세요."

카터의 제안을 거절하지 않는 K.

"……."

일순간 조용한 침묵이 덕아웃 내를 휘감았다.

웃어야 할지 울어야 할지 갈피가 잡히지 않는 이 순간.

K의 실력이 어느 정도인지 모두가 잘 알게 된 것은 사실이었다.

하지만 아무리 뛰어난 재능을 타고 났다고 해도 이건 아니었다.

나이도 아직은 어린 데다 코리안리그 선수 명단에도 K의 이름은 올라 있지 않았다.

실력만으로 밀어붙이기에는 뭔가 미심쩍은 부분이 많았다.

몇몇 선수들이 자신들의 정보력을 최대한 이용해 K에 관한 것들을 캐보았다.

하지만 K의 선수 생활과 관련한 그 어떤 정보도 손에 쥘 수 없었다.

빠아아아앙.

침묵을 거둬내는 경기 시작음이 장내에 울렸다.

"가자! 경기가 시작됐다!"

"프레즈노의 회색곰의 위력을 라스베이거스 약골들한테 제대로 보여주자고!"

"어때! 내친 김에 3연승 한 번 달려보는 거야!"

"아자! 아자!"

최근 들어서는 거의 맛보지 못했던 연승 행진.

한껏 고무된 밥 마리오 감독을 비롯한 팀원들이 손뼉을 치며 서로를 격려했다.

선수들 스스로 사기를 북돋을 만큼 분위기가 달라져 있었다.

그러나 오늘 경기 역시 만만치 않을 것이다.

라스베이거스 피프티원스도 연패를 끊기 위해 최강 선발

을 내세웠다.

뉴욕 메츠의 3선발이자 근육 부상으로 이 주일짜리 부상자 명단에 이름을 올린 브랜든 니스.

지금 마이너리그에 내려와 있었다.

가득이나 오늘은 부상 치료 체크를 위해 선발 투수로 투입됐다.

2012년 통산 13승 9패의 준수한 성적을 낸 인물이다.

평균 3.40대의 방어율을 자랑하는 3선발.

웬만하면 그냥 콜업될 예정이었다.

그러나 K를 꺾기 위해 라스베이거스 감독과 브랜든의 요구로 오늘 선발 투수로 나서게 된 것이다.

포심 패스트볼과 커브.

컷 패스트볼까지 무난하게 던지는 진정한 메이저리거다.

최고 구속 99마일이 넘는 강속구 투수.

"게리! 시원하게 한 방 치고 나가!"

짝짝.

감독의 사인을 받고 덕아웃을 나가는 1번 타자.

타격 코치 루스 모먼이 그의 등과 어깨를 강하게 치며 기를 불어넣어 주었다.

"와아아아아아!!!"

"브랜든이다!"

"브랜든이 나왔어!"

K를 연호하던 관중도 메이저리그 선발 투수의 등장에 일제히 환호성을 질렀다.

야구에 대한 애정이 남다른 야구팬들.

그들에게 뉴 페이스인 K가 아무리 멋진 선수라 해도 자신들이 홈 관중이라는 사실은 잊지 않았다.

가재는 게 편이라는 사실을 절대 잊어서는 안 되었다.

이곳은 코리아가 아닌 아메리카였다.

'열심히 한 번 뛰어보자!'

오늘도 경기다.

나의 실력을 확인하지 못하고 의심부터 했던 자이언츠 구단 관계자들.

곧장 마이너리그에 처박아 버렸다.

며칠 내로 샌프란시스코 자이언츠 측에서는 땅을 치며 후회하게 될 것이다.

나를 써먹을 수 있는 기간은 정해져 있다.

계약서상에 명확하게 기재돼 있는 비차별성 조항.

메이저리그가 되었든 이곳 마이너리그가 되었든 상관없었다.

소속 불문하고 나의 보너스 수치를 알려주는 시계침은 돌아가게 돼 있다.

"어때! 글러브 빌려줄까?"

카터 주리카가 물었다.

"네~ 그래 주시면 감사하죠."

제시카가 보내준 야구 용품 트럭은 프레즈노에 있었다.

유격수용 글러브는 가져오지도 않았다.

글러브 중에 가장 작은 사이즈의 유격수용 글러브.

"자! 여기~"

휘익.

카터가 공중으로 글러브 하나를 던졌다.

턱.

그 어느 때보다 덕아웃 내 분위기는 자유로웠다.

아메리카 스타일이 이런 것인가.

선수 각각의 개인적 성향이 잘 드러나 보이는 덕아웃의
분위기.

빵을 뜯어먹는 선수나 해바라기 씨나 껌을 씹는 선수들.

하지만 하나같이 그들은 눈과 귀는 경기에 집중해 있었
다.

"오스턴! 오늘 컨디션 왜 그래? 어제도 술 마신 거야?"

투수 코치 펫 라이크가 오스턴 필립을 챙겼다.

한쪽 구석에 처박혀 시무룩한 표정으로 앉아 있는 오스
턴.

오만하고 겸손을 모르던 녀석.

하지만 팀에서는 없어서는 안 될 몇몇 선수 중 한 명이었다.

"괘, 괜찮습니다……."

'쫀 거야?'

자식 완전 쫄아 있는 눈치다.

이틀 전 그날 밤 이후 나만 보면 슬슬 피하는 오스턴 필립.

예기치 않은 단비와의 갑작스러운 재회에 본의 아니게 피해를 본 케이스였다.

조절할 틈도 없이 손에 힘이 쏠렸고 경찰을 부르라며 고함치는 수준까지 고통을 받은 오스턴.

녀석은 완전 기가 꺾여 있었다.

다른 위치도 아니고 강한 완력을 필요로 하는 투수의 손목.

가볍게 비틀어 버린 것을 뒤에야 깨달았다.

"왜 그래요? 어디 아파요?"

나는 모른 척 돌아보며 친절한 K의 모습을 보였다.

"……!!"

최대한 부드러운 음성으로 말을 걸었지만 오스턴은 화들짝 놀랐다.

그 모습은 순진한(?) 미국 형님을 보는 듯했다.

'누가 뭐 잡아먹기라도 하나!'

이래서 사람은 평소에 잘해야 한다.

살짝 비틀린 정도고 적당히 주물러 놓은 상태라 선수 생명에는 전혀 지장이 없었다.

다만 굵은 손목이 나에게 잡혔었다는 게 받아들이기 힘든 것뿐이다.

손목을 엿가락처럼 잡아채인 채 옴짝달싹하지 못했던 그 순간 때문에 주눅이 든 것이다.

"아픈 곳 있으면 말해요. 동양에서 그런 고통쯤은 가볍게 낫게 할 수 있어요."

오스턴은 나와 눈을 마주치기를 피했다.

그러다 낫게 할 수 있다는 말에 고개를 들고 나를 바라보았다.

그의 두 눈이 살짝 흔들렸다.

"……."

"비전 수법이 전해져 오는데… 확 고쳐줄 수도 있어요."

휘익.

씨익 웃으며 정 있는 표정으로 정확하게 나의 진심을 전했다.

그럼에도 불구하고 번개처럼 고개를 돌려 버리는 오스턴.

'또 한 번 그러면 확 분질러 버리는 수가 있어.'

눈빛에서 내 마음을 제대로 읽은 듯했다.

착하게 살면 이런 불상사도 생기시 않았을 것이다.

선수층이 얇아지면서 여우 축에도 끼지 못할 동네 똥개들이 산중왕 노릇을 자처하고 있었다.

아무리 신분 세탁을 위한 장치로 선택한 야구계지만 그 꼴까지는 볼 수 없었다.

조용히 있었다면 가능했을 것이다.

그러나 오스턴이 보인 행동과 소란은 나를 비롯한 주변 선수들에게 민폐 이상이었다.

"플레이 볼!"

나름 선수들 간의 다정한 정담을 나누는 사이 경기가 본격적으로 시작됐다.

처음 마주했을 때 제법 가슴 두근거렸던 야구 게임.

겉만 보면 이제 제법 베테랑 같은 느낌이 나에게서도 풍겼다.

느긋하게 해바라기 씨를 까먹는 여유도 부렸다.

쇄애애앳.

퍼어어엉!

"으으… 98마일……."

"역시 브랜든 니스야……."

공 하나에 금세 그리즐리스 덕아웃은 싸늘한 공기가 감돌았다.

첫 투구부터 98마일.

프레즈노 그리즐리스 팀의 기를 죽이기에 충분한 공이

었다.

그것도 안쪽에 살짝 걸치는 절묘한 제구력.

나를 겨냥한 도전으로 보였다.

앞 게임에서 분명 나의 투구를 제대로 감상했을 뉴욕 메츠 선발 투수 브랜든 니스.

휘익.

턱.

포수로부터 공을 돌려받았다.

그러면서 3루 쪽 덕아웃을 흘끔거리며 쳐다보았다.

나와 눈이 마주쳤다.

브랜든의 눈빛에서 무언의 도전이 제대로 느껴졌다.

"후후."

기분 좋은 기운들이 몸으로 전해졌다.

기꺼이 환영하는 바였다.

오독오독.

허끝에서 굴러다니는 해바라기 씨를 앞니를 이용해 잘근잘근 깨물었다.

나를 향한 메이저리거의 도전.

그들이 나를 신경 쓰기 시작했다.

그 말은 미국 시장에서의 나의 진가가 본격적으로 확인받기 시작했다는 것이다.

불편한 표정으로 이빨을 드러냈다.

나는 입가에 미소를 지었다.

'그래, 한 판 제대로 붙어보자.'

"K! K 차례다!"

"와아아아아아아아아아!"

라스베이거스 피프티원스 홈경기장.

원정 팀에 대한 홈팀 팬들의 환호성이 쏟아졌다.

여느 원정 경기에서도 봐오지 못한 환호.

야유 소리를 대신하고 있었다.

메이저리그 정상급 투수의 공을 공략하지 못한 프레즈노 그리즐리스 선수들.

오늘 유격수로 출장해 여섯 번째 타자로 나선 K.

2회 초에 첫 번째 등장하고 있었다.

스코어는 아직 0 대 0.

프레즈노 선발 투수인 샌디 라미레즈가 평소와 다른 공을 던졌다.

평소 중간 계투로 등장하다가 선발로 내정되면서 테스트를 받고 있는 샌디.

투심과 슬라이더를 사용해 1회 말에 삼자 범퇴로 막았다.

무난하게 시작된 2회 초 경기.

팀의 4, 5번 타자가 각각 삼진과 내야 땅볼로 물러났다.

투아웃 상태에서 방망이를 들고 당당하게 등장하는 K.

'호호, 역시 대박 상품인 것만은 확실해!'

기자석에서 카메라를 들고 경기를 관람하고 있던 정아람.

안전 바를 잡은 손이 리듬을 타고 있었다.

자칫 분위기를 타다가는 봉춤이라도 출 기세다.

자신이 뛰는 것도 아니었지만 강민과 같은 대한민국 국민이라는 사실에 자부심을 느꼈다.

가슴 뿌듯할 정도의 자랑스러움이 밀려왔다.

아무리 자유 민주주의의 꽃이 만개한 미국이라도 해도 깨끗하게 해결되지 못한 문제들이 많았다.

특히 미국 사회에서 끊이지 않고 일어나는 인종 차별과 편견에 관한 사건들.

스포츠 스타들 중에 동양인은 거의 찾아볼 수 없는 게 현실이다.

그나마 야구계에서는 가갔이 한둘씩 인물이 나기도 했다.

하지만 미식축구나 농구 등에서는 전멸에 가까운 실정.

특이하게 골프 종목에서는 여성 골퍼들이 강세를 보였다.

그럼에도 불구하고 그 안에서도 차별은 존재했다.

그 틈에서도 빛을 발한 동양 선수들.

한국에 머물 때 접하게 되는 해외 원정의 쾌거들은 왠지 기분을 째지게 만들었다.

그야말로 국위선양의 짜릿함을 그대로 전해주는 스포츠계의 선수들.

이렇게 직접 현장에서 맛보는 쾌감 역시 끝내주었다.

대한민국 내에 있을 때 꼴통 취급을 받았을지라도 그들이 이뤄낸 성과들은 컸다.

그리고 그들 머리 위로 올라가는 태극기와 웅장하게 울려 퍼지는 애국가는 그들과 내가 한민족임을 증명했다.

정아람은 그 감동의 맛을 한껏 느끼고 있었다.

마치 강민이 뛰고 있는 프레즈노 그리즐리스팀이 대한민국의 팀처럼 착각될 정도다.

사회부 기자 시절의 첫 단추는 후회를 불러오기도 했었다.

차라리 나라가 폭삭 주저앉기를 바랄 만큼의 엄청난 비리들을 두 눈으로 확인하고도 못 본 척해야 했다.

그런 시절들을 지나 해외에 파견돼 나와 있는 정아람.

이쯤 되면 럭셔리 기자 생활을 제대로 만끽하고 있다고 해도 과언이 아니었다.

구차하게 조각난 기삿거리들을 짜 붙여 데스크의 눈치를 보지 않아도 되었다.

"오늘 브랜드 공이 꽤 묵직해."

"K, 오늘까진 무리겠지?"

"그럴 거야. 아무리 K라고 해도 녀석도 인간이잖아."

"맞아! 운이 한쪽으로만 쏠리는 건 아니니까."

"행운의 여신도 어떻게 미소만 짓고 있겠어."

앞쪽에서 카메라 렌즈를 뚫어져라 쳐다보던 기자들이 말을 주고받았다.

정아람은 하늘을 올려다보았다.

캄캄하다.

물론 하늘이 밝고 맑은 날만 있는 건 아니다.

뭔가 감을 잡은 듯한 정아람의 표정은 흥이 나 있었다.

이들은 메이저리그 경기장 출입이 제한된 지역 기자나 혹은 아마추어 인터넷 스포츠 기사를 쓰는 직원들이다.

사각턱이 심하게 움직일 정도로 질겅질겅 껌을 씹어댔다.

시원한 캔 맥주를 들이켜는 기자도 있다.

"내기해요."

"……??"

정아람이 유창한 영어를 구사해 한마디 내뱉었다.

한 번도 마주친 적이 없는 기자들.

"뭘 말입니까?"

동양 여성의 갑작스러운 제안에 의아한 표정을 하는 남성 기자들.

스윽.

"K! 이번 경기에서 홈런 친다. 1,000달러. 어때요?"

"1,000달러?"

느닷없는 아람의 행동에 남성 기자들은 무슨 일인가 싶어 서로를 번갈아 쳐다보았다.

기자 신분이긴 했지만 이들 역시 라스베이거스 피프티원스의 홈팬들이었다.

"왜, 자신 없어요?"

두 눈을 동그랗게 뜨며 남자들의 심리를 자극하는 정아람.

"좋습니다! 내가 1,000달러 걸겠습니다."

묘한 분위기가 연출되었다.

배팅의 도시.

1,000달러 정도는 우습게 오갔다.

키가 크고 배가 좀 불룩하게 나온 삼십대 중반 정도의 백인 남성.

"좋아요! 그럼 거래 성립입니다."

"물론입니다. 라스베이거스 방송국 직원입니다. 거짓말 안 합니다."

"어머~ 그러셨군요. 더 신뢰가 가는군요."

'호호, 돈 벌고~'

정아람은 자신의 촉을 믿는 게 아니었다.

다만 강민의 실력을 의심하지 않았을 뿐이었다.

바보같이 술수에 휘말려 1,000달러를 가볍게 건 기자들.

기분은 상쾌했다.

정아람은 가벼운 미소를 배어 물었다.

사람 사는 곳.

그것도 스포츠의 참맛을 즐길 줄 아는 사람들이 모이는 곳은 국경이 따로 없었다.

또 여성들의 말에 혹해 휘둘리는 남성들의 심리도 다 같았다.

획획.

'내가 좀 매력이 있지…….'

정아람은 괜히 손등을 이용해 머리카락을 몇 번 뒤로 쳐넘겼다.

화끈하게 지갑을 열어 100달러짜리 지폐 열 장을 꺼내는 남성.

그러면서 정아람을 한 차례 제대로 훑는 것을 놓치지 않았다.

그때 정아람은 분명히 느꼈다.

남성들의 시선에서 느껴지는 그 무엇.

물론 회사에서 경비로 지급된 돈이었지만 아람은 화끈하게 투자하기로 했다.

어차피 배가 돼서 다시 지갑 안에 채워질 게 빤했다.

도박의 메카 라스베이거스.

승률이 100퍼센트인 게임.

이런 게임에 배팅하지 않으면 여러모로 낭비였다.

대박 선몽을 개꿈 취급하는 행위나 마찬가지.

'민아! 한 방 부탁해.'

타석에 서서 여유 있게 배트를 휘두르고 있는 강민.

이미 슈퍼스타의 반열에 올라 있는 사람처럼 보였다.

"……."

관중석을 가득 메운 사람들도 숨을 죽였다.

메이저리그 선발 투수와 혜성처럼 등장한 마이너리그의
히든카드 K와의 한판 대결.

정아람은 가만히 두 손을 맞잡았다.

금세 땀이 배었다.

팽팽한 긴장감이 도는 투수와 타자와의 거리.

지켜보는 모두의 심장이 빠르게 뛰었다.

따아아악!

쇄애애애애애앳.

"우와와와와와와와와!"

"헉!"

경쾌한 타격음과 함께 쭉쭉 뻗어나가는 빨랫줄 같은 타
구.

야간 경기인 만큼 환한 조명이 여기저기를 밝히고 있었
다.

지역 방송 중계 카메라가 황급하게 공의 궤적을 따라갔
다.

퍼어엉! 퍼버벙!

"으아아! 드래곤 K가 또 일 쳤군!"

"하하! 뭐야~ 두 번째잖아!"

"오오오오!!!"

"또 박살을 내버렸군."

불과 이틀 전 정확하게 전광판을 박살 냈던 K가 또 일을
벌였다.

경기가 없었던 어제 긴급하게 수리를 해놓았던 전광판이
다.

오른쪽 광고 자리를 비추고 있는 여러 개의 조명이 연달
아 불꽃을 튀며 터져 나갔다.

터터턱틱,

첫 구부터 통타해 대형 홈런을 날린 K.

그는 가볍고 경쾌한 걸음으로 그라운드를 뛰고 있었다.

"드래곤 K! 드래곤 K! 드래곤 K!"

그라운드에 울리는 K를 향한 관중석의 환호.

짝짝짝짝짝.

이미 홈팀과 상대팀에 대한 경계가 모호해져 있있다.

팀을 가르지 않고 있는 순수한 야구팬들로서 K를 연호하고 발수갈채를 보냈다.

그 정도로 K는 라스베이거스 홈팬들의 마음까지 사로잡고 있었다.

무더웠던 하루의 피로까지 시원하게 날려 버린 홈런 한 방.

여기저기 파도처럼 일어나는 관중.

기립 박수를 보내는 관중도 꽤 있었다.

"이거 사인 받아 놔야겠는데~"

"투수로 들어온 거 맞습니까?"

"괴물 정도가 아니야. 드래곤이 맞네⋯⋯."

단 몇 게임만으로 자신의 입지를 확실하게 다져 버린 K.

그의 능력이 세상에 알려지고 있었다.

프레즈노 그리즐리스 팀의 덕아웃.

동료 선수들이 차원이 다른 K의 능력에 질투를 넘어 경외심을 드러내 보였다.

어떤 누구도 섣불리 나서서 어떻게 해볼 수 없는 K만의 야구 실력.

다저스에서 한참 돌풍을 일으키고 있는 푸이그도 제낄 판이다.

그도 K 앞에서는 명함을 내밀지 못할 정도다.

비록 마이너리그 생기를 지르고 있었지만 절대 여기서

멈출 실력이 아니었다.

당장 오늘 밤 스포츠 하이라이트를 통해 사방에서 K를 재조명할 게 빤하다.

그 어떤 누구도 전적을 남긴 적 없는 라스베이거스 피프티원스 구장 전광판 박살 홈런.

그것도 하루 걸러 두 차례, 동일 인물의 작품.

늘 새로운 이슈거리를 좇고 그럴싸한 기록들을 좋아하는 미국인들의 입맛에 딱 맞는 사건이다.

"야호!!! 호호호."

한 컷도 놓치지 않기 위해 연신 카메라 셔터를 눌러대던 정아람.

왼쪽 주먹을 움켜쥐며 쾌재를 불렀다.

1,000달러가 문제가 아니었다.

눈으로 보기만 해도 가슴이 뻥 뚫릴 것 같던 시원한 홈런.

앞으로 겪게 될 스트레스까지 모조리 날려주는 듯했다.

입사는 사회부 기자로 했지만 강민 덕분에 스포츠의 매력에 푹 빠져 있었다.

'역시 잘 왔어! 난 국외가 맞아!'

오늘도 대박이다.

벌써부터 조국일보 사이트는 접속 폭주를 경신하고 있다고 했다.

3년 전 대국민적으로 영웅 소리를 들었던 강민.

그가 갑작스럽게 미국 메이저리그 도전에 나섰다.

한두 개 헤드라인만으로도 호기심 많은 한국인들을 자극하는 데 충분했다.

"드래곤 K! 드래곤 K! 드래곤 K!"

'좋아, 오늘은 드래곤 K다!'

벌써 애칭 앞에 또 다른 수식어가 붙었다.

오늘 기사 제목으로 제격이다.

선수들의 몸값이 과거보다 엄청나게 뛰어 있었다.

하지만 메이저리그에서도 몸값만큼 그 값을 해내는 스타급 선수들은 드물었다.

K로 인해 거대한 변화가 예상되었다.

분명 실력이 하루아침에 쌓아졌을 리 없다.

정아람은 왜 강민이 메이저리그가 아닌 마이너리그에서 뛰고 있는지 이해가 되지 않았다.

이 정도 실력이라면 지금이라도 당장 콜업되는 게 맞았다.

무려 10할대 진루율과 타율.

아직은 초반.

그러나 역사상 짧은 시간 안에 이런 실력을 발휘했던 신인은 전무후무하다.

그런 이유로 라스베이거스 홈팬들마저 드래곤 K를 외치

며 열광하는지도 모른다.

빤한 야유 대신 박수갈채를 보내는 피프티원스 홈팬들.

홈팀과 경기를 하기 위해 원정을 온 상대팀.

그들을 응원하는 홈팬은 없었다.

야구가 주는 진정한 행복감을 맛볼 수 있는 경기가 지금 벌어지고 있었다.

그것도 관중이 먼저 알아본 스타의 등장으로 이루어지는 경기.

미국 관중의 열렬한 환영이 아닐 수 없었다.

제5장
청춘 과제

마스터 K

MADE IN K

"와아! 귀신은 뭐하나 몰라. 저 바람둥이 녀석 안 잡아가
고!"

비버리힐스에 있는 손단비의 저택.

우적우적.

커다란 하겐다즈 아이스크림 통을 끌어안고 침을 튀기는
은다혜.

지역 방송국에서 송출하는 마이너리그 경기를 보고 있었
다. 숟가락으로 아이스크림을 박박 퍼먹으며 흥분한 채 길
길이 날뛰었다.

갑삭스럽게 맞닥뜨린 강민과의 재회.

그제 호텔 로비에서 있었던 일 이후로 말문을 닫아버린 손단비.

어제는 종일 자신의 방에서 나오지도 않았다.

다혜가 와 있었지만 단비는 멍하니 있는 시간이 더 많았다.

상상도 해보지 않았을 상황과 마주한 단비의 아픈 모습.

지켜보는 다혜의 심정도 말이 아니었다.

강민과 함께했던 짧은 시간.

누가 봐도 단비는 3년이라는 시간을 청상과부처럼 지내왔다.

그 모든 것이 다 강민이 단비에게 남기고 간 단편적인 추억들 때문이었다.

'빌어먹을 자식! 책임질 것도 아니었으면서. 처음부터 그 녀석은 그랬던 거야.'

다행이 대놓고 욕을 해댈 수 있는 야구 경기라도 보고 있으니 속이 좀 풀리는 것 같았다.

하지만 단비는 여전히 아무 말이 없었다.

어디서 어떻게 지냈는지도 모르고 있었다.

세상 밖으로 나온 후에도 단비에게는 전화 한 통 하지 않았다. 미국까지 건너와 있었으면서도 마찬가지였다.

뭇 여성들과 데이트를 즐기던 강민.

단비는 상상 속에서 지켜온 강민에 대한 믿음과 신뢰.

그 모든 것이 산산조각 나는 충격과 상처에서 아직 빠져

나오지 못하고 있었다.

집으로 돌아오는 내내 손에서 전화기를 내려놓지 못했다.

비행기 안에서도 차 안에서도 휴대전화가 닳도록 만지작거렸다.

어제도 마찬가지.

시간은 속절없이 흘러갔다.

애써 외면하듯 휴대전화를 최대한 먼 곳에 내려놓고 멍하니 앉아 있었다.

기척 없는 단비의 방을 다혜가 몇 번 들여다보았지만 단비의 모습은 여전했다.

창문 앞에 놓인 휴대전화.

단비에게 기다림은 익숙해 보였다.

하지만 지금까지의 기다림과는 달랐다.

지난 3년 동안은 생사도 확인되지 않았던 때의 기다림이었다.

다혜를 통해 듣게 된 강민의 행적을 모두 믿는 것은 아니었다.

하지만 눈앞에서 뭇 여인들과 데이트를 즐기는 강민을 봤을 때 느낀 충격은 상상 이상이었다.

하늘과 땅 차이 정도.

단비는 여전히 기다리고 있었다.

라스베이거스 호텔에서는 당황한 나머지 다혜의 손에 이

끌려 나왔지만 마음은 아직도 그곳에 있었다.

강민의 모습을 잊지 못하고 있는 손단비.

방 안에만 쿡 박혀 있던 단비는 오후가 돼서야 모습을 보였다.

그리고 외출을 했다.

다혜가 함께 동행하겠다고 했지만 잠깐 다녀올 곳이 있다는 말만 남기고 사라졌다.

은다혜는 본의 아니게 종일 단비의 집을 지키고 앉아 있는 신세가 되었다.

생각하면 생각할수록 열이 올랐다.

그나마 아이스크림이라도 끌어안고 있으니 열기가 좀 식는 듯했다.

하필 텔레비전을 켰을 때 강민이 속한 팀의 원정 경기 중계가 전파를 타고 있었다.

한국 고등학교 재학 당시에도 강민의 운동 신경은 알아줬었다.

타고난 운동 신경 덕분에 미국까지 건너와 굶어죽을 일은 없어 보였다.

게다가 얼마 되지 않은 미국 생활에서 그럴싸한 별명까지 얻어 활약하고 있었다.

"드래곤 K! 드래곤 K! 드래곤 K!"

라스베이거스 야구팬들이 강민을 향해 열광했다.

"드래곤 K? 발정 난 도마뱀이겠지!!! 쳇!"

홈런을 치고 관중의 환호를 받으며 덕아웃으로 들어가는 강민.

은다혜는 화면을 가득 채운 강민의 모습을 잡아먹을 듯 노려보며 입안의 아이스크림을 녹였다.

그나마 단비를 위해 지켜오던 우정이 저주의 모습을 띠고 있었다.

"야! 너 이 새끼. 인생 그따위로 살지 마!"

들고 있던 숟가락으로 화면에 대고 삿대질을 해대는 은다혜.

눈앞에 있는 사람을 대하듯 거칠게 휘둘렀다.

이렇게밖에 분노를 표출할 수밖에 없는 현실이 안타까웠다.

"악플러로 나서봐? 아니면 쩝쩝 안티 사이트라도 만들까?"

먹잇감을 던져주면 순식간에 모여들 워리어들.

인터넷에 차고 넘쳤다.

은다혜는 괜히 이런저런 생각들로 머릿속을 채우는 데 여념이 없었다.

드르륵.

그때 조용히 문이 열렸다.

흰친 옐을 올리고 있넌 순간이나.

"나 왔어."

"어? 어~"

집을 나설 때와 달리 살짝 밝아진 단비의 목소리.

다혜는 단비의 목소리 톤이 높아진 게 반가워 휙 돌아보았다.

"······!!"

하지만 그대로 몸이 굳어버린 다혜.

"다, 단비야······."

순간 정신이 쏙 나간 듯했던 다혜가 겨우 정신을 추슬렀다.

"괜찮아?"

"무, 무슨 짓을 한 거야?"

당황한 다혜 모습이 재미있다는 듯 입가에 미소를 띠고 고개를 갸우뚱해 보이는 단비.

바뀌었다.

지금까지 다혜가 알고 지내왔던 손단비가 아니었다.

아름다움에 무지한 인간들을 위해 직접 인간 세상을 택해 내려온 듯했던 여신 이미지의 단비.

청순한 무결점 미모 스포츠계의 탑이었던 단비였다.

마치 아프리카 초원을 뒤덮은 검은 하늘에 뜬 별빛처럼 청초했던 단비가 아니었다.

눈앞에 서 있는 사람은 한순간 타락한 천사 같았다.

뭇 사내들의 끈적거리는 시선을 사모잡기 위해 몸부림치

는 듯한 자태.

끼를 감추지 못하고 농축된 섹시미를 드러내며 나이트클럽에서 몸을 흔드는 여성의 모습 같았다.

단비에게서 한 번도 보지 못했던 정열적인 면모.

보고 있는 것만으로도 감당하기가 어려웠다.

남성들을 비롯해 여성들까지 탄성을 내지르게 만들 만했다.

탄탄하고 늘씬한 뽀얀 허벅지를 그대로 드러내고 있는 옷차림이 눈에 가장 먼저 띄었다.

같은 성별이었음에도 단비의 속살을 한 번도 보지 못했던 다혜였다.

그래서 더욱 정숙함과 고고함의 상징으로 여겨졌던 단비.

그런데 오늘은 기존에 자신이 가져왔던 모든 이미지를 다 깬 듯했다.

골반에 아슬아슬하게 걸친 초미니 블랙 핫팬츠.

겨우 한 뼘이 될까 말까 해 보였다.

그마저도 보일 듯 말 듯하게 상의로 받쳐 입은 화이트 셔츠가 덮고 있었다.

자칫 핫팬츠가 블랙이 아니었다면 하의는 입지도 않은 것처럼 보일 정도다.

완벽하게 소화해 낸 블랙 앤 화이트의 드레스 코디.

자신의 내면을 드러내 보이기라도 한 듯 악마와 천사를

동시에 보여주고 있는 것 같았다.

'어, 어떡해. 나 반한 거 같아…….'

다혜는 마치 동공이 풀린 것 같았다.

단 한 번도 보지 못했던 단비의 색다른 모습에 자신도 빠져들고 있었다.

언뜻 보기에는 단순한 조합 같아 보였다.

그러나 문제는 풍만하게 발달돼 있는 바스트였다.

풀린 몇 개의 셔츠 단추.

그사이로 은근히 드러나 보이는 속살이었다.

다혜도 작은 가슴은 아니었지만 단비만큼 봉곳하게 솟아 있지는 않았다.

큰 키에 적당히 어울리는 훌륭한 사이즈의 바스트(?)를 갖고 있는 단비.

셔츠의 넉넉함에도 가려지지 않는 부드러우면서도 보기 좋게 솟은 라인이 아름다웠다.

그리고 목에 걸고 있는 화이트골드 체인.

심플한 다이아몬드 펜던트까지.

왼쪽 손목에는 가죽 제품의 손목시계를 차고 있었다.

그리고 오른쪽 손목에는 목걸이와 같이 화이트골드에 작은 다이아몬드가 여러 개 박힌 팔찌를 걸고 있다.

일부러 맞춘 듯 보석이 잔뜩 박힌 미니 핸드백까지 들고 나타났다.

"그, 그런데… 머리는 왜……?"

그뿐만이 아니었다.

평소에도 긴 머리를 하고 있지는 않았지만 그래도 3년 동안 제법 길렀던 머리카락이 없었다.

찰랑거리는 머리카락만 봐도 황홀해지던 단비의 모습.

귀밑을 지나 어깨 위에서 찰랑거렸었다.

그 머리카락이 없다.

진한 청색으로 염색한 아주 짧은 쇼트컷.

가지런히 정리된 채다.

이 상태 그대로 클럽으로 향하면 어울릴 듯한 모습이다.

클럽 문을 들어서는 순간 남성들의 시선이 일제히 쏟아지고도 남을 팜므파탈 느낌이 강하게 나는 단비.

도대체 다혜는 적응이 되지 않았다.

전혀 다른 사람을 마주하고 있는 듯한 느낌.

도도했던 눈빛과 고고함이 도발적 유혹을 발산하는 모습으로 완벽하게 탈바꿈해 돌아왔다.

"괜찮아?"

아직은 단비도 어색한 듯 다혜에게 물었다.

"무, 물론이지~ 넌 뭘 해도 그냥 S급이야!"

단비를 알게 된 후부터 다혜는 단비를 향한 열렬한 광신도였다.

친구 이전에 같은 여성으로서 느낄 수 있는 것들을 단비에게서 모두 느끼며 지내왔었다.

성격, 미모, 실력.

그 밖의 어느 하나도 뒤처지는 것 없이 지금까지 유지해 온 우월적 존재.

"고마워~ 마음에 든다니 다행이야."

무슨 생각에 이런 모험을 감행했는지 단비도 모르고 있는 눈치였다.

아직은 갑작스러운 자신의 외모 변화에 살짝 당황한 기색이 엿보였다.

'강민! 이 프라이팬에 낯짝을 튀길 놈!'

단비의 도발적 행동이 다 강민 탓이라고밖에 생각되지 않았다.

아무리 세상이 변했다고 해도 단비만큼 순수했던 친구도 없었다.

지금 모습을 했다고 해서 단비가 변했다고는 생각하고 싶지 않았다.

하지만 묘한 매력을 풍기고 서 있는 지금의 단비보다 어제의 단비를 더 사랑했던 은다혜.

여자의 변신은 무죄라고들 하지만 극단적인 여자의 변신 뒤엔 남자가 있다는 것이다.

그것도 그 여자를 배신한 남자.

그런 면에서 다혜는 강민을 극형에 처하고 싶은 심정이

었다.

"참! 나 핸드폰도 바꿨어."

"……."

"로밍하기도 귀찮고… 그냥 미국에서 쓸 거라 새로 개통했어."

"어… 어. 잘했어."

단비가 휴대폰을 바꿨다는 말은 그간 지켜온 번호를 버렸다는 말이었다.

번호도 바꿔 버릴 만큼 어떤 면에서 단비는 냉정한 태도를 보이고 있었다.

단비의 그런 모습이 다혜 눈에는 단호해 보였다.

'하아, 단비의 첫사랑도 이렇게 끝나는구나…….'

짝사랑이라고 말하기도 뭐한 단비의 사랑.

그렇다고 세상 모든 걸 다 포기할 정도로 정열적이지도 않았던 감정.

단비와 강민의 관계는 딱 그랬다.

다혜가 지켜봐 왔던 단비의 시간들이 안타깝게 무너져 내리고 있었다.

아쉽게도 그 사랑 같지 않았던 사랑에 종지부를 찍고 있었다.

3년 동안의 기다림을 그렇게 박살 내버린 강민.

어제라두 전화 한 통인 냈었다면 상황은 지금과 달랐을

것이다.

단비도 이렇게까지 극단적으로 자신의 모습을 바꿔 버리지 않았을 테고 말이다.

"뭐해. 너도 준비해!"

"뭘?"

"저녁에 파티에 가기로 했어."

"파티? 갑자기 무슨 파티……?"

다혜는 또 한 번 당황했다.

단비 성격에 파티 따위에 일부러 챙겨 참석하거나 하지 않았다.

깔끔한 성격에 사람 많은 자리에 섞이는 것을 꺼려하던 단비였다.

그 누구보다 그런 단비의 성격을 너무 잘 알고 있는 다혜.

가득이나 미리 약속되지 않은 자리에는 더더욱 참석하지 않았다.

자리리 혼자 가둬두는 벙커보다 불특정한 사람들이 많이 모이는 곳을 더 싫어하는 단비.

"이안이 초대했어. 이안 집으로 갈 거야. 그곳에서 파티를 연대."

"그, 그렇구나."

이안 그레인키가 움직이기 시작한 것 같았다.

그가 단비에게 품고 있는 호심이 꽤 크다는 것쯤은 다혜도 진작 눈치챘다.

그럼에도 불구하고 망부석인 양 흔들리지 않았던 단비였다.

그랬던 단비의 태도가 돌변했다.

몰라볼 정도로 낯설어진 모습만큼이나 행동도 어디로 튈지 종잡을 수가 없었다.

'나쁜 놈. 전생에 나라를 제대로 말아먹었을 거야……'

얼마 후면 단비도 경기가 있었다.

하지만 경기는 안중에도 없어 보인다.

이쯤 되면 강민은 세상 모든 여자의 적으로 간주해도 무방할 것이다.

'천하에 없는 바람둥이……'

목구멍으로 꾸물꾸물 새어나오는 강민에 대한 분노로 다혜는 입술이 바들바들 떨렸다.

마구마구 소리를 내고 싶었지만 단비 앞이라 그럴 수도 없었다.

속이 더 답답해졌다.

단비는 파티 얘기를 꺼내며 살짝 들떠 보였다.

그 모습을 보고 있는 다혜는 마음이 아팠다.

가슴이 뻥 뚫려 버렸을 단비의 마음.

아무리 감추려고 해도 털어내지 못한 감정의 찌꺼기들이 단비를 노예처럼 끌고 다닐 것이다.

단비의 상기된 듯한 표정과 목소리에서는 공허함만이 메아리치고 있었다.

"지금 거신 전화는 없는 국번이오니⋯⋯."

'어, 없다⋯⋯.'

경기가 끝났다.

메이저리그 선발 투수가 친히 나섰지만 가볍게 홈런 두 방으로 강판시켰다.

라이벌이라고 여길 만한 상대는 없었다.

홈런 두 방을 때린 뒤로도 포볼로 세 번 출루했다.

연속된 3연승. 프레즈노 그리즐리스 팀 동료 선수들의 사기는 하늘을 찔렀다.

반면 라스베이커스 피프티원스 팀은 죽상을 썼다.

기대에 차 있던 만큼 좌절의 쓴맛도 컸다.

피프티원스 홈팬들의 응원도 일방적이었다.

라스베이거스가 아닌 프레즈노가 아닐까 하는 생각까지 들 정도였다.

지극히 야구를 사랑하는 팬들의 호응이었다.

나에 대한 개인적인 응원으로 구장이 떠들썩했다.

경기 내내 기분 좋게 플레이했다.

끝까지 웃으면서 끝낸 경기.

곧장 스마트폰을 꺼내 들었다.

기억 속에 선명하게 기록돼 있는 단비의 전화번호.

늦은 감이 있긴 했지만 호텔 로비에서의 사건 이후 아직 통화를 하지 못하고 있었다.

계획은 메이저리그 등판 후 연락할 생각이었다.

짜잔~ 하고 단비에게 그 기쁜 소식을 가장 먼저 알리고 정식으로 대시를 하려고 했다.

하지만 여러 가지 일들이 연이어 괜히 타이밍을 놓친 셈이 돼 버렸다.

마치 맛있게 끓여놓은 라면을 뜸들이다 불어터져 버린 꼴이랄까.

지금 상황이 꼭 그랬다.

예기치 않게 뒤엉켜 버린 듯한 기분.

이런 식으로 연락하게 될 줄 알았다면 설악산에서 나오 자마자 했을지도 모른다.

그도 아니라면 한국에 있는 동안에 단비에게 연락을 넣었을 것이다.

3년이라는 시간이 지나 버렸다.

그 시간을 흘려보내고 난 뒤의 귀환은 단비에게 멋지게 보이고 싶었다.

그럴싸한 광고에 얼굴도 실리면서 말이다.

하지만 오해가 흥부집 초가지붕에 열린 박처럼 줄줄이 엮였다.

어떤 형태로든 결단이 필요한 순간이다.

경기가 끝난 후의 락커룸.

개운하게 샤워를 하고 마음을 가다듬었다.

그런데.

연결이 되지 않는다.

"으음……."

여기까지는 생각지 못했다.

단비도 전화를 바꿀 수 있다는 생각.

미처 대비하지 못했다.

3년 전 예상치 못한 순간에 제대로 된 인사도 없이 헤어졌다.

그만큼 아쉬운 추억이 가득했던 그녀.

다른 사람은 몰라도 단비만큼은 그 추억을 다시 찾기 위해서라도 기존의 번호를 갖고 있을 줄 알았다.

양 도사의 간악한 술책만 아니었어도 그녀와 그렇게 헤어지는 게 아니었다.

마치 견우와 직녀 꼴이 되어버린 단비와 나.

나는 분명 아메리카의 빛나는 별이 되어 그녀와 재회할 것을 의심치 않았다.

그런데 이게 어찌된 일인가.

'……'

단비의 번호에서 들리는 낯선 여인의 목소리.

심장이 멎는 듯하다 이내 뻥 뚫린 것처럼 찬바람이 지나 갔다.

'오해다.'

어떻게 해야 할지 판단이 서지 않았다.

오래전에 바뀌었을 거라는 생각은 들지 않았다.

'…오해가 커졌다.'

답이 보이지 않았다.

아무리 다혜가 나를 향해 그렇게 떠들어댔지만 단비는 나를 한 번쯤 믿어줄 거라 생각했다.

뭔가 어긋나도 제대로 어긋난 게 분명했다.

물론 제시카와 함께 다닐 때도 있었다.

다른 사람의 눈에는 데이트를 하는 것처럼 보였을 것이다.

그러나 나는 바람을 피운 게 절대 아니었다.

미국식 문화를 뒤늦게 알게 되었고 내가 오해를 살 만한 상황을 만든 것도 인정한다.

하지만 제인 루시아는 구단 홍보직원이었고, 가벼운 식 사 자리를 가졌을 뿐이다.

앞으로 알고 있어야 할 여러 사회 활동 중 하나였을 뿐인 데 상황이 이상하게 전개되었다.

특히 은다혜의 오버스러웠던 반응이 문제였다.

'은다혜… 너 남자 친구 생기면 그때 보자!'

받은 대고 되틀려 주는 미틱.

소심한 복수심이라도 키워야 지금 순간을 넘길 수 있을 듯했다.

호텔 로비에서 단비를 봤을 때 충분히 대화로 상황을 설명할 수 있었다.

나를 천하의 바람둥이로 몰아붙이는 데 혈안이 돼 있던 다혜만 아니었다면 말이다.

3년 만에 만난 친구의 인사라고 하기에는 너무나 과격했던 다혜의 반응.

기필코 그 한을 몇 배로 되돌려 주리라.

"K, 오늘 시간 있나?"

"네?"

이런저런 생각에 머리가 지끈거렸다.

그때 등 뒤에서 크릭 헤스톤이 말을 걸어왔다.

며칠 사이 꽤 친분을 쌓은 나와 크릭 헤스톤.

"가족들과 저녁 약속이 있어. 자네도 같이 가지."

"뭐야ㅡ! 크릭, 난 왜 빼놓는 거야!"

막 가방을 들고 나가려던 포수 잭 윌리엄이 정색을 했다.

아직 연승의 흥이 가시지 않은 듯 콧노래를 흥얼거렸다.

"잭, 미안해. 루이스가 K만 초청했어."

"…흠, 비겁한 루이스. 세상에 둘도 없는 이 친절한 잭 아저씨의 선물발이 벌써 다됐단 말인가."

잭은 재미있는 표정을 지으며 크릭 헤스톤에게 매달렸다.

"잭, 이런 말까지 전하고 싶진 않지만. 그 일 때문에 루이스가 만나는 걸 꺼려해."

"왜? 왜? 무, 무슨 문제 있어?"

뭔가 들킨 듯한 표정의 음흉한 눈빛을 띠는 잭 윌리엄.

"자네도 알지? 루이스가 나를 닮아 좀 똑똑하잖아."

"……."

"루이스가 봤어. 시내 상점에서 3달러 떨이로 묶어서 파는 로봇을. 팔도 만지면 떨어지고… 동네 강아지도 물고 다닐 정도로 흔하더군."

"헛!"

잭의 표정은 정말 당황하는 듯했다.

약간은 부끄러운 듯한 모습도 보였다.

"그날 밤 이후 루이스 앞에서 잭, 자네 이름은 후크 선장의 이름만큼이나 금기시 됐어. 루이스에게는 제2의 악당 수준 정도가 맞을 거야."

"음……."

크릭 헤스톤의 친절한 설명에 얼굴색이 점점 변하는 잭.

가벼운 신음을 흘렸다.

'쯔쯧, 너무하셨네~'

동심을 농락한 잭의 형량은 무기징역이 적당했다.

동네 개도 물고 다닐 정도라면 안 봐도 뻔했다.

저러니 아직도 노총각 신세를 면치 못하고 있는 것이리라.

한국에 있을 때 임혁필 코치님만 해도 잭 윌리엄만큼은 아니었다.

다행히 임혁필 코치님은 임자를 만났지만 말이다.

"올겨울에 다시 한 번 도전해 보게. 알지? 우리집에서 루이스의 권력은 캐서린을 등에 업고 나와 아버지를 누른다는 거."

크릭은 크리스마스를 얘기하는 것 같았다.

"하, 하하. 녀석 자네처럼 똑똑하다더니 세상을 일찍 알아버렸군."

잭은 듣기에도 어색한 웃음을 터뜨리며 대충 얼버무렸다.

그러면서도 끝까지 세상의 간악함을 일찍 깨달은 것을 칭찬했다.

"K, 어떤가? 녀석이 떠오르는 프레즈노의 영웅을 만나보고 싶어 해. 같이 가줄 거지?"

대놓고 아이를 팔아넘기는 크릭의 초대를 거절하기 힘들었다.

사실 가족과의 식사 자리라면 불편할 수도 있다.

그러나 어린아이의 초청이라면 흔쾌히 응할 용의가 있었다.

'미래 나의 고객이 될 수도 있고……'

씨익.

팬은 하루아침에 생기기도 하지만 이렇게 작은 만남의

자리에서도 생기게 돼 있다.

잘하면 나중에 가족 단체 티도 주문해 소비할 수 있었다.

옛날부터 꼬맹이 코 묻은 돈 모아 부자가 된 과거 문방구 주인들도 한둘이 아니었다.

특히 요즘 같은 세상에서는 집안에 한둘뿐인 아이들의 발언권이 거의 대통령 수준.

미래 고객을 위한 팬 서비스 차원에서도 오늘 자리가 나쁘지 않았다.

결정적으로 지금 숙소로 돌아간다고 해도 달리 할 일이 없었다.

저녁도 공짜로 해결하게 되고 여러 모로 타이밍이 좋았다.

"물론입니다. 남는 게 시간밖에 없는데요, 뭐."

기분도 울적한 상황에서 혼자 시간을 갖는다는 건 별로 추천할 만한 게 못됐다.

게다가 스프링이 튀어 올라올 것 같은 싸구려 침대에 몸을 누이고 싶지 않았다.

한국에서처럼 시원한 맥주를 한잔할 수도 없는 처지다.

크릭과 함께 그의 가족들과 시간을 보내는 것도 좋은 방법이었다.

"크, 크릭. 캐서린에게 안부 전해줘."

"전해주지."

"그리고… 프레즈노에 가면 그거 부탁한다고 그래."

"안젤리나 얘기야? 그거라면 부탁하지 않아도 돼."

"어? 무슨 소리야?"

"얼마 전에 캐서린이 안젤리나에게 괜찮은 상대를 소개해 줬거든."

"컥!"

아마도 크릭의 아내에게 소개팅을 부탁해 놓았던 듯한 잭.

크릭의 말에 순간 큰 덩치가 휘청했다.

순식간에 얼굴색이 시커멓게 변해 버린 잭 윌리엄.

'쯧쯧, 루이스가 제대로 한 방 했군.'

하나뿐인 아들에게 그따위 장난감을 안긴 남자에게 어느 엄마가 점수를 주겠는가.

수준이 설악산 양 도사와 계 묻으면 딱인 인물이다.

세상을 대하는 단계별 난이도를 아직 파악하지 못하고 있는 순수한 잭 윌리엄.

안타까웠다.

3달러짜리 장난감은 안 봐도 뻔했다.

고작 그것으로 아이 엄마의 환심을 사려고 했다는 것 자체가 우주인적 발상.

적어도 30달러 정도는 투자를 하고 난 뒤에나 두 사람의 마음이 풀릴 것으로 예상됐다.

3달러에 소개받기로 한 여성이 다른 남성에게 바통 터치가 돼 버린 케이스였다.

"옷도 다 입은 것 같은데 나가도록 하지. 오늘은 아내와 결혼 전에 자주 들렀던 호텔에 가기로 했거든. 제대로 한턱 쏠게."

"초대해 주셔서 고마워요, 크릭."

사실 단비와 통화가 연결되지 않은 순간부터 괴로운 시간이 되어버렸다.

혼자 있기에는 답이 없는 시간들이다.

단란한 가족들 사이에 있으면 시간도 잘 갈 것이다.

'하아, 이제부터 어떻게 해야 하지……?'

도대체 답을 구할 수 없는 이 청춘의 과제.

자리를 털고 일어났다.

답답함이 무거운 돌덩어리처럼 가슴을 짓눌렀다.

아랫배까지 묵직하게 눌러오는 듯한 이 무게감.

예린이네 집에서 마셨던 그 시원한 맥주 한잔이 간절하게 그리웠다.

"다, 단비를 만났다 이거지……."

스윽스윽.

이제 막 보고돼 올라온 따끈따끈한 소식.

오성그룹 정보실의 비밀 사찰 결과물이었다.

거침없는 성장을 거듭하고 있는 오성그룹.

세계 각 곳에 파견된 직원들과 특별히 조직한 그룹을 이용해 국가기관보다 더 빠르게 정보를 취득했다.

발 빠른 정보와 시간이 돈이 되는 세상.

오성그룹 차기 회장의 재목으로 주목을 받고 있는 유예린.

가문의 후계자다운 면모를 물씬 풍기며 무선 마우스를 이리저리 움직였다.

정보팀에서 속속 보내오는 보고서들을 면밀히 살폈다.

파르르르.

"…제인 루시아? 이건 또 뭐야……."

강민이 미국으로 출국한 지 겨우 일주일도 되지 않았다.

그사이 그럴싸한 외모의 여성들과 굴비 엮듯 계속해서 엮이고 있는 강민.

"캘리포니아 아몬드 농장주 딸이라……. 홍! 확 아몬드 밭을 다 사들여 버릴까 보다!"

속에서 부글부글 성질이 끓어올랐다.

유예린은 어린 나이 때부터 작업(?)을 통해 순환 출자된 그룹의 중요 계열사들의 대주주가 되어 있었다.

소유하고 있는 자금뿐만 아니라 넘쳐 나는 오성의 자금을 끌어넣는다면 그런 아몬드 밭 하나 사들이는 것은 어렵지 않았다.

"제시카 샘에 그 동생도 모자라다 이거야?"

라스베이거스 원정 경기를 뛰고 있는 강민.

이제는 프레즈노 그리즐리스 님 홍보지원과의 데이트까

지 즐기고 있었다.

게다가 단비와 다혜와도 재회를 했다.

예린은 출시를 앞두고 있는 테스트 제품인 40인치 대형 모니터를 노려보았다.

마치 두 눈에서 레이저라도 발사될 듯한 기세다.

오늘은 중요한 전공 시험이 있는 날이었다.

하지만 모니터에서 시선을 떼지 못하고 있었다.

요즘은 안팎으로 정신이 하나도 없다.

미국까지 건너간 강민은 그곳에서도 예린이의 마음을 심란하게 하고 있었다.

또 하나밖에 없는 오빠는 갑작스러운 결혼 발표로 집안을 쑥대밭으로 만들어 놓았다.

남자들이란 하나같이 사고뭉치들이란 생각을 떨칠 수가 없다.

그간 온 식구가 믿어왔던 양 실장과 유재명의 숨겨진 로맨스가 만천하에 까발려졌다.

윤라희 여사는 생일파티가 끝난 직후 급기야 머리를 싸매고 눕고 말았다.

유재명은 양 실장을 데리고 가출을 감행했고 유병철 사장은 그 일에 관해 침묵으로 일관하고 있었다.

별다른 말은 없었지만 심경이 매우 복잡한 상황.

각종 언론에서는 오성의 장자 유재명의 로맨스를 세기의

사랑이라고 떠들어대고 있었다.

몇 날 며칠 동안 계속해서 거의 모든 언론 지면을 통해 오르내리고 있는 오성그룹의 스캔들.

옛 소설에나 드라마에 등장할 법한 부잣집 도련님과 집사의 사랑으로 미화되고 있었다.

하지만 결국 이루어질 수 없는 인연.

오성의 이미지는 다른 그 어느 때보다 화끈하게 국민들에게 각인되고 있었다.

보통 사람들이 상상하며 꿈꾸는 것들을 현실화시켜 버린 유재명.

뒤이어 과감하게 결혼까지 발표했다.

마치 이 시대에 앞서가는 기업으로까지 포장되고 있었다.

지금까지 권력 중심적 경영을 유지해 왔던 이미지가 강한 오성그룹이었다.

딱딱하기만 하던 일반 시민들로부터의 시선이 유재명의 결혼 발표와 동시에 한순간 뒤바뀐 것이다.

그 와중에 미국으로 출국해 버린 강민.

유예린은 자신의 감정을 솔직하게 전달할 기회조차 갖지 못했다.

꿈을 좇아 아메리카로 출국하는 강민을 말릴 수도 없었다.

아무런 대책도 없이 떠나보내 버린 강민.

국내에서 벌어지는 일만 해도 정신을 쏙 빼놓을 정도인

데 강민나서 미국에 가자마자 대형 사건을 몰고 다녔다.

그간 잠잠하게 자신의 모습을 감추고 지내온 휴화산 같았다.

마치 때를 만난 듯 힘차게 지면을 뚫고 하늘 높이 치솟는 불길처럼 보였다.

모든 면에서 강민의 미국 생활은 그간 예린이 봐왔던 모습들과는 많이 달랐다.

분명한 것은 강민 역시 보통 남자들과 다를 게 없다는 사실이었다.

어떻게 그간 남자의 본성을 감추고 지내올 수 있었을까 의심이 들 정도였다.

보고서만 훑어보아도 강민은 완전 바람둥이였다.

책임질 수 없는 일은 애초에 만들지도 않고 자기 관리에 철저하다고 생각해 왔던 강민.

예린은 그 모든 게 자신의 착각이었다는 생각마저 들었다.

'아니야. 여자들이 문제일 거야. 민이는 그런 남자가 아니야⋯⋯.'

고개를 좌우로 세차게 흔들며 현실을 극구 부인하고 싶어진 유예린.

그는 흔들리고 싶지 않지만 여자들이 먼저 접근했을 수도 있었다.

눈먼 여성이 아니라면 강민에게 푹 빠질 수밖에 없을 테니까 말이다.

누가 봐도 강민은 어느 한 곳 빠지는 데가 없었다.

요리도 잘했다. 겉으로 드러나 보이는 모습보다 알면 알수록 진국인 강민이 아닌가.

성격도 그만하면 완벽했다.

게다가 앞날이 창창한 젊은 남자.

세상 모든 여자들이 꿈꾸는 그런 남자였다.

그야말로 대박 로또인 셈이다.

"…그냥 보내는 게 아니었어……."

3년 전 한국 고등학교를 떠들썩하게 만들었던 그 일.

예린이는 무심한 척 그 순간을 견뎌냈지만 분명하게 기억하고 있었다.

강민과 손단비가 우정보다 진하게 진도를 뺐다는 사실.

이후 한국 고등학교에서 그보다 진했던 청춘 드라마는 두 번 다시 없었다.

그 두 사람의 시간이 다시 이어지고 있었다.

"단비가 봤단 말이지……. 이대로 끝나는 걸까……."

분명 강민과 단비가 3년 만에 재회의 기쁨을 맛본 것은 맞았다.

하지만 그때 강민은 제인 루시아와의 데이트 현장을 단비에게 들켰다.

보고서 내용으로만 보면 단비는 그 현장을 목격하고 자

리를 뜬 것으로 돼 있다.

그것도 도망치듯 빠져나갔다고 정확하게 표현해 놓았다.

'다행인 건가, 나에게는……'

유예린은 다른 어떤 누구도 경쟁해야 할 상대로 생각하지 않았다.

강민에게 향한 자신의 마음 때문이 아니었다.

아무리 쭉쭉빵빵한 금발 미녀들이 황금 수저를 들고 강민을 유혹한다 해도 쉽게 흔들리지 않을 남자였다.

유예린에게 강민은 그런 사람이다.

의심스러운 내용들이 너무 많았지만 예린은 자신이 겪은 강민만을 믿기로 했다.

그는 모든 요리에 있어 정통했지만 윤라희 여사가 끓여 주든 된장국에 흰쌀밥을 더 좋아했다.

그야말로 입맛만은 신토불이.

게다가 겉보기와 달리 꽤 고지식하고 보수적인 면이 많은 친구다.

뇌리에 강하게 박혀 있는 보수적인 성향들.

자신과 무관한 일들에 있어서는 꽤 넉넉한 태도를 보였지만 자신에게만은 아주 냉정했다.

하나를 보면 열을 짐작할 수 있는 게 사람의 일이다.

그런 그가 금발 미녀와의 스캔들에 휘말릴 리 없다.

돈으로도 그를 유혹할 수는 없다.

유병철 회장이 제안한 것들을 정중하게 사양했던 사람이 바로 강민이었다.

유예린에게 상속될 재산 목록을 알고도 전혀 흔들림이 없었다.

하긴 스스로 재력을 갖출 수 있을 만큼의 능력을 갖고 있는 인물이 굳이 다른 사람의 삶에 편승할 필요는 없을 것이다.

"기다려, 민아. 너의 빈자리는 내가 채워줄 거야!"

내일이면 시험이 모두 끝난다.

그리고 방학.

부드럽고 야들야들한 두 주먹을 불끈 움켜쥐고 전의를 불태우는 유예린.

띠라라 띠루루루~ ♬

그때 조용히 스마트폰이 울렸다.

끼릭.

발신자를 확인한 후 통화 버튼을 누르는 유예린.

"이른 시간부터 무슨 일이야?"

":예린아!"

반가움이 잔뜩 밴 남자의 목소리다.

강민의 목소리였다면 더 좋았을 것이다.

예린은 시큰둥한 목소리로 전화를 받았다.

강민은 문자 메시지만 달랑 몇 개 보내온 게 다였다.

시차가 제법 나다 보니 시간을 내 통화한다는 게 쉽지 않았다.

그리고 예린이가 통화를 시도할 때는 경기 중이거나 연습 시간일 때가 많았다.

"한가해? 오늘은 경기 없어?"

"하하, 나 한국 들어왔다."

"응?"

"시즌 끝났다고 구단에서 한 달짜리 휴가 줬다."

"휴가?"

"흐흐, 예린아~ 어제 티비 못 봤어. 스포츠 신문이랑 티비에도 나왔는데."

"오오! 장혁찬! 많이 컸는데~"

"예린아~ 특별히 바쁜 일정이지만 널 위해 시간 낼게. 학교 몇 시에 끝나? 데리러 갈까?"

"아니~ 됐어. 휴가니까~ 집에서 푹 쉬어~ 잘나가니까 광고도 찍고 바쁠 거 아냐. 내 걱정 말고 마음껏 즐기다 가~"

딴생각으로 머리가 복잡한 예린은 오랜만에 소식을 전해 온 혁찬도 귀찮았다.

전혀 아쉬울 것 없는 유예린.

해외 진출을 위해 고등학교 3학년 2학기를 마치지 않고 자퇴를 한 후 국내를 떠났던 장혁찬.

단 일 년 만에 프리미어 구단의 주전 선수가 돼 활발하게 활약했다.

"예, 예린아……."

예상 못한 것은 아니지만 돌직구를 날린 예린에게 제대로 KO패를 당한 장혁찬.

정신이 멍했다.

국내에서는 알아주는 스포츠 스타가 된 건 분명했지만 예린이에게는 찬밥 신세였다.

아예 관심 밖에 있는 장혁찬.

한두 번 겪는 상황도 아니고 혁찬은 마음을 진정시켰다.

"그리고 나 내일 저녁에 미국 들어갈 거야."

"……!!"

혁찬은 짱돌을 한 대 얻어맞은 기분이 들었다.

"방학 동안은 계속 미국에 있게 될 거야."

"미, 미국에는 왜?"

몇 년째 이어오고 있는 짝사랑.

늘 일방통행 중이었지만 그 험난한 가시밭길 위에서도 혁찬은 행복했다.

제법 끈질긴 구석이 있는 혁찬에게 짝사랑은 딱 제격이었다.

"몰랐어? 민이가 돌아왔잖아."

"헉! 미, 민이가!"

숨이 컥 막히는 듯한 충격이 장혁찬을 엄습했다.

자신도 모르게 비명을 토한 혁찬

강민, 한때 친구라는 이름으로 서로를 불렀던 사이였다.

"너야말로 티브이 안 봤어? 민이 야구 선수 됐잖아. 지금 메이저리그, 아니 마이너리그에서 뛰고 있어."

"마이너리그? 하하하."

혁찬은 금세 목소리에 화색이 돌았다.

갑자기 턱 막혔던 가슴이 확 뚫리는 듯 시원함이 느껴졌다.

안도감이 밀려들며 뭔가 여유가 생기는 듯했다.

시원한 웃음까지 터뜨리는 혁찬.

"왜 웃어? 너 지금 우리 민이 비웃는 거야? 그런 거야?"

"하, 하하. 무슨 소리~ 민이가 야구 선수가 됐다고 하니까 기특해서 그렇지."

"흥! 아닌 것 같은데. 너 자꾸 그렇게 나오면 민이한테 유럽 가서 축구하라고 할 거야!"

"……."

혁찬은 입을 다물었다.

한다면 하는 유예린을 막을 재간이 없었다.

알아서 이쯤 몸을 사리는 게 현명했다.

"좌우지간 이런저런 일로 이 누님은 미국에 가게 됐으니까 축구계의 슈퍼스타께서는 잘 쉬다 가세요."

"예, 예린아! 잠깐!"

이쯤 되면 예린이는 제 할 말 다 했으니 다음 말은 듣지도 않고 전화를 끊었다.

마음이 다급해진 혁찬이 예린이를 불렀다.

"왜? 아직 할 말 남았어?"

강민에 관한 일에는 온갖 촉각을 다 세워 섬세하게 반응하던 예린이.

혁찬에게는 냉정할 정도로 아무 감정 없이 말을 던졌다.

의도적인 느낌이 다분했다.

혁찬도 사람이었기에 그런 예린의 감정을 어느 정도는 짐작하고 있었다.

바보가 아닌 이상 자신에게 마음을 열지 않기 위해 애쓰고 있다는 것쯤은 그간의 시간들이 다 말해주었다.

말은 그렇게 하지만 예린의 마음을 느낄 수 있었다.

어떤 관계도 가능하지 않다면 친구의 자리를 지키고 싶은 유예린.

혁찬에게 더 이상 어떤 형태로든 여지를 남기지 않기 위해 선을 그었다.

그 누구보다 혁찬의 마음을 잘 알게 된 지금.

마음은 아프지만 더욱 냉정하게 태도를 분명히 해야 할 필요가 있었다.

강민 때문에 짝사랑의 열병이 얼마나 아리고 지독한지 호되게 경험했다.

약도 없었다.

"같이 가자!"

"뭐, 뭐라고?"

"민이가 메이저리그에 도전한다면서! 내가 친구로서 그냥 있을 수 있냐? 맛있는 것도 사주고 슈퍼스타로서 노하우도 좀 알려주고. 물신양면으로 도움을 좀 줄 생각이다!"

계약금만 해도 수십억 단위를 챙겼던 장혁찬이다.

친구를 위해 돈 자랑하고 싶은 마음이 살짝 고개를 쳐들었다.

"됐어~ 나 혼자 갈 거야! 그딴 건 나도 할 수 있어."

"예린아, 예린아~ 미국은 한국 하고 다르단다. 나 같은 보디가드 없이 활보하면 안 돼! 특히 너처럼 예쁜 동양 여성은 쥐도 새도 모르게 어떻게 될지 모른다고!"

"보, 보디가드는 아빠가 붙여주실 거야……."

살짝 당황하는 예린이.

구체적으로 계획을 짠 상태가 아니었기 때문에 혁찬의 무대포 공격을 제대로 방어하지 못했다.

"그래, 그럴 수도 있겠지. 하지만 그렇게 되면 민이와 오붓한 시간을 갖기 힘들 텐데. 괜찮겠어?"

미처 생각지 못했던 상황까지 꾀고 있는 장혁찬.

"……."

"너무 오버해서 생각하지 마. 나도 민이 친구다. 이런 기회 아니면 또 언제 보겠냐?"

예린을 향한 혁찬의 마음도 마음이었지만 진심으로 강민

의 소식도 궁금했었다.

더욱이 찾아가면 만날 수 있다는 것만으로도 기쁜 일이
었다.

혁찬의 친구라는 말에 살짝 머뭇거리는 예린.

틀린 말이 아니었다.

"…알았어. 그럼 같이 가자."

"하하! 잘 생각했다. 내일이라고? 내가 1등석으로 티켓은
준비해 둘게."

"됐어! 아빠 비행기로 갈 거야."

"……."

일순간 할 말을 잃은 혁찬.

미처 생각지 못했다.

예린이에게는 경제적으로 게임이 되지 않는다는 사실을
잠깐 잊고 있었다.

제대로 현실을 절감한 혁찬.

"아, 알았어. 몇 시에 갈까?"

"전화할 테니까 준비하고 있어."

"응……."

어쩌다 주운 뼈다귀를 물고 좋아라 뛰다 옆집 개 입에 물
린 살점 붙은 뼈다귀에 기가 죽은 꼴이 돼 버렸다.

아무리 날고 뛰어도 처음부터 다 갖춰져 있는 집안에 태
어난 예린.

그녀와의 사이에 부인할 수 없는 분명한 신분 차이 같은 게 느껴졌다.

혁찬은 약간 씁쓸한 기분이 들었다.

"끊는다~"

띠릭.

혁찬의 마지막 말 같은 건 기다려주지도 않고 전화를 끊어버린 예린.

늘 안부를 전할 때마다 있어왔던 일이라 혁찬은 크게 동요하지 않을 것을 잘 알고 있었다.

"장혁찬! 넌 잡식성이잖아. 유럽에서… 뿌리 내리고 잘살아~"

예린은 통화음이 끊긴 스마트폰을 바라보며 중얼거렸다.

다른 운동선수들 못지않게 혁찬은 잘 먹고 잘 놀았다.

그도 그럴 것이 한국 고등학교 재학시절 예린이 확인한 바가 있었다.

3학년 1학기 때였다.

혁찬이 들고 다니던 축구화 가방이 살짝 열려 있었다.

그 안에 들어 있던 컬러풀한 원색 잡지.

아주 눈뜨고 보기에도 민망한 란제리 차림의 여성 모델들 사진이 무수하게 실린 잡지가 들어 있었다.

"프레즈노라고 했지……? 제대로 응원 한판 해주겠어!"

예린은 서서히 플렌을 짜기 시작했다.

주변 도시에 상주하고 있는 오성그룹의 직원들.

그들을 동원하면 강민의 응원군을 꾸리는 데 크게 문제가 없을 것이다.

강민을 위해서라면 여전히 몸을 던질 각오가 돼 있는 예린.

몇 차례 과거 응원 경력도 갖고 있었다.

스마트폰을 손에 쥔 채 예린은 주먹을 불끈 쥐었다.

맘에 둔 남자의 성공을 위해 기꺼이 큰물로 떠나보냈다.

출세를 향한 남자의 순수한 야망은 밀어줄 가치가 있다고 배웠다.

대신 지난 과거처럼 멍하니 앉아 기다리지는 않겠다고 마음먹었다.

그런 시대는 지났다.

예린은 철저한 마케팅과 수비력.

그리고 조직력을 이용해 스타를 손바닥에 올려놓고 조리할 수 있는 멋진 여성이 되고 싶었다.

오성그룹의 발전보다 더 앞에 놓고 싶은 예린의 인생 최대의 목표였다.

제6장
다시 시작되는 꿈

"아저씨, 진짜 짱이야!"

'아, 아저씨!'

격세지감.

과연 이 상황에 이만한 명문장이 떠오르는 것은 어쩌면 당연했다.

아저씨란 말을 듣기에는 나는 아직 새파랗게 젊었다.

아직 젊다는 말도 과할 정도로 새파란 청춘이었다.

어린 꼬맹이 눈에 나 역시 크릭과 마찬가지로 보이는 듯했다.

마치 송장을 메고 힘한 인생실을 걷고 있는 늙은 아저씨.

"하하, 주니어. 아저씨보다는 형이 낫지 않겠니? K도 너
처럼 아직은 콜라를 마셔야 하는 나이거든."

'큭!'

이건 또 무슨 상황인가.

아무려면 그건 아니었다.

"헤헤, 그런 거야 아빠? 형이라고 부를게~"

'크윽, 콜라 하나에 저 어린아이와 내가……'

알코올 음료가 가능하지 않다는 이유 하나로 헤스톤 주
니어와 나는 동급으로 전락했다.

입가에 스테이크 소스를 범벅한 다섯 살의 주니어.

덩치는 한국의 초등학교 1학년 정도만큼이나 컸다.

머리는 짧게 잘랐고, 크릭 헤스톤의 와이프 캐서린을 닮
아 두발은 눈동자와 같은 브라운 컬러였다.

그런 꼬맹이가 내 앞에서 엄지손가락을 치켜세웠다.

"K, 정말 멋져요. 잘생겼어!"

"호호, 그래요, 정말 멋져요. 이이한테 얘기는 들었지만
상상했던 것보다 더 멋져요."

"캐서린도 미인이신데요."

"호호, 고마워요."

"캐서린, K한테서는 신경 끄는 게 좋아. 이미 제인 루시
아가 찜했거든."

"어머~ 그 까다로운 아가씨가 남자 보는 눈은 제법 있었

네요~"

크릭 헤스톤의 가족과의 단란한 시간.

락커룸에서 크릭과 함께 밖으로 나오자 캐서린이 대형 SUV를 타고 기다리고 있었다.

미국에서 흔히 볼 수 있는 7인승 차량.

내부가 넉넉했다.

크릭 헤스톤을 보기 위해 아들과 무더위를 뚫고 몇 시간을 달려온 그녀였다.

첫눈에 봐도 꽤 미인이었다.

몇 년 전까지만 하더라도 주변 남성들의 마음을 꽤 울렸을 것으로 짐작되었다.

갈색머리가 참 잘 어울리는 삼십대 여성.

얼굴에는 주근깨가 보기 좋게 퍼져 있었다.

뜨거운 캘리포니아 햇살에 좀 더 진해진 듯한 피부.

크릭을 바라보는 그녀의 눈빛에서 가족의 사랑이 느껴졌다.

키가 작은 대신 다른 미국 여성답지 않게 날렵함이 보였다.

물론 그녀를 바라보는 크릭의 눈빛 또한 두 사람의 애정이 여전하다는 것을 증명했다.

헤스톤 주니어를 보고 있자니 크릭의 어린 시절이 상상이 갔다.

큰 눈망울 하며 튼튼한 골격이 미래의 상남자를 연상케
했다.

"형아~ 오늘 멋있었어! 아빠보다 덜 멋졌지만 짱이야!"

배가 몹시 고팠는지 스테이크 한 장을 거의 뜯다시피 먹
어치운 루이스.

그제야 나와 눈을 맞추며 아부를 날렸다.

"공에 사인해 주는 거 잊지 마~"

"물론. 배트에도 해줄게."

머지않아 루이스나 나의 고객이 돼 줄 것이다.

시간은 순식간에 흐르게 돼 있으니까 말이다.

"아빠, 형아 좋아. 그 뚱뚱한 아저씨보다 훨씬 좋아!"

"그렇구나~ 아빠도 그렇단다. 하하하."

잭 윌리엄에 대한 루이스의 마음이 짐작이 가는 대목이
었다.

모르긴 몰라도 잭 윌리엄의 귀가 좀 간지러울 것이다.

'흐흐, 잭 덕분에 내가 인심을 얻는군.'

사인볼 하나에 세 사람의 팬이 생기는 순간이었다.

달리 준비한 선물도 없고 해서 야구공과 배트 하나를 챙
겨 나왔다.

제시카가 준비해 준 트럭 안을 가득 채운 것들이 모두 야
구 용품.

저렴한 것들이 아니었기에 충분히 선물로도 가치가 있

었다.

또 루이스가 꽤 마음에 들어 했다.

'보기 좋아. 아내와 아이… 그리고 크릭 헤스톤. 이런 게 인생일까…….'

보고 있는 것만으로도 흐뭇해지는 가족이었다.

크릭 헤스톤과 그의 아내 캐서린.

그리고 그 두 사람 사이에서 사랑을 듬뿍 받으며 자라고 있는 루이스.

그들이 교감하는 감정이 따뜻하게 느껴졌다.

서로를 배려하는 모습과 눈빛은 맛있는 저녁은 물론 정서적인 안정감까지 주었다.

나의 미래에도 이러한 삶의 모습이 분명 존재할 것이다.

머지않아 창조될 공동체.

지금은 그 미래를 위해 투자를 하는 시기.

연애를 할 만한 시간적 여유가 없었지만 크릭의 가족을 보고 있자니 욕심이 나기도 했다.

'골프… 다시 돌아간다!'

본래의 꿈을 되찾고 나면 나는 세기의 로맨스 영화를 찍고 말 것이다.

양 도사에게 무수한 이론적 지식을 전수받았지만 실전에서는 제대로 써먹은 적이 없는 기술들.

주입식으로 교육받아 아직 꽃도 피우지 못한 나의 청춘.

달달한 열매를 기필코 얻고 말겠다.

아직은 첩첩산중.

고난의 연속이었다.

단비만 떠올리면 가슴 한쪽이 싸르르 쓰렸다.

식도를 역류하는 듯한 신맛이 기분까지 이상하게 만들었다.

"아빠, 내일 아빠 나와? 아빠 공 던지는 거야? 아빠 맨날 져서 유치원 친구들이 꼴찌래. 아빠 야구 못한대."

"루이스, 그런 말 하면 안 된다고 했지?"

루이스의 표정은 자못 심각했다.

하지만 캐서린이 루이스의 말을 잘랐다.

시무룩해진 표정으로 크릭의 대답을 기다리는 루이스.

미국에서 다섯 살이면 대한민국의 일곱 살 정도의 아이들 수준.

"그래. 내일 아빠가 던질 거야. 그러니까 꼭 지켜봐."

"와아! 정말?"

내가 생각해도 루이스의 나이 때는 세상에서 가장 멋진 사람은 아빠라는 존재였다.

아빠라는 존재는 로봇보다도 탱크보다도 더 강한 존재라고 착각할 수 있는 나이.

"여보, 그게 가능해요?"

캐서린은 이미 크릭의 스케줄을 알고 있는 눈치다.

사실 아직은 선발 로테이션 기간이 아니었다.

"괜찮아. 사흘 만에 던졌을 때도 있었어."

걱정스러운 눈빛을 보내는 캐서린을 안심시키는 크릭 헤스톤.

캐서린의 표정에서 쓸쓸한 아픔이 엿보였다.

야구 선수의 아내라는 자리에서만 느낄 수 있는 감정.

지금 크릭의 상태가 아주 좋지 않다는 것을 직감하고 있었다.

'선수 생활 접으려는 심산이군.'

크릭의 태도를 보아하니 뭔가 결단을 한 듯했다.

캐서린이 우려처럼 선발 로테이션 날짜까지 아직 시간이 남아 있었다.

그럼에도 루이스에게 당장 내일 경기에 등판한다고 말하는 크릭 헤스톤.

따로 감독을 찾아가 부탁할 게 빤했다.

이렇다 할 은퇴식 같은 것도 없이 떠나게 되는 마이너리그.

한 번 떠나면 그대로 선수 생활이 마무리되는 것이다.

내일 등판이 크릭 헤스톤의 야구 생활 마지막 등판이 될 수도 있었다.

"저, 캐서린, 묻고 싶은 게 있습니다."

나는 분위기를 비꾸고 싶었다.

"네, 뭐든요……."

금세 표정을 추스르며 미소를 지어 보이는 캐서린.

"남자 친구의 데이트 모습을 본… 여자 친구……. 어떻게 해야 오해를 풀 수 있을까요?"

나는 진지했다.

딱히 주변에 상담할 만한 사람이 없는 상황.

다행히 캐서린이라도 있어 지푸라기라도 잡는 심정으로 단비에 대한 답답한 마음을 꺼내놓았다.

"하하, K! 아직도 답을 못 내린 거야?"

분위기에 초를 치는 크릭.

큰 소리로 웃음을 터뜨리며 거들먹거렸다.

방금 전까지 축 가라앉았던 분위기가 180도 바뀌었다.

"어머, K! 여자 친구를 두고 바람 피운 거예요?"

"그, 그게 아니고……."

"그럼 오해는 뭐죠?"

"……."

변명의 여지가 없었다.

역시 여자들의 입장은 하나같이 다혜와 같은 것인가.

"…상당한 노력이 필요할 것 같은데요? 연락을 해보지그래요?"

"…번호를 바꿔 버렸어요. 그 일 때문인지는 확인할 수 없지만요……."

"저런!"

"…오해를 한 게 분명해요. 번호를 바꾼 건 무슨 의밀까요?"

"그건… 마음 정리 단계에 들어간 거예요. 분명할 걸요."

"……."

한 번쯤 나의 얘기를 들어줄 거라고 믿었다.

아니, 어쩌면 단비에게는 변명 따위는 필요치 않다고 생각했는지도 모른다.

하지만 이제는 변명을 할 기회조차 날아가 버렸다.

"여자는 남자와 달라요. 남자는 눈으로 사랑을 한다죠?"

캐서린이 나와 크릭 헤스톤을 번갈아 쳐다봤다.

"오우~ 노노! 난 아니라고. 난 마음이야 마음. 알잖아, 하니."

"……."

크릭 헤스톤이 장난스럽게 손사래를 치며 캐서린의 의견에 반대 의견을 냈다.

"핏. K, 여자는 마음으로 먼저 상대를 받아들여요. 여자 쪽에서 바람을 피거나 정리에 들어가면… 상당히 힘든 게임이 될 거예요."

통속적인 연애 상담과 다르지 않았지만 막상 현실적인 조언을 듣게 되자 앞이 캄캄했다.

시작두 하지 않은 관계에서 이런 오해와 불신이 관계를

무너뜨릴 거라고는 생각하지 않았다.

"K, 걱정하지 마. 너 정도라면 문제없다구. 여긴 미국이
야. 너의 나라가 아니라구."

크릭 헤스톤이 락커룸에서 했던 말이 떠올랐다.

아니나 다를까, 한쪽 눈을 찡끗해 보이는 게 같은 의미의
말을 하고 싶은 모양이었다.

"아메리카도 너에게 호감을 보일 거라구. 돈과 명예가 생
기면 여자는 줄을 서게 돼 있어."

"크릭, 지금 당신의 소망을 말하는 거예요?"

호탕하게 남자의 속마음을 얘기한 크릭.

대번에 캐서린이 도끼눈을 하고 쩨려보았다.

크릭은 그 모습에 괜히 움찔 놀라는 척했다.

"아, 아니 무슨 소리를. 난 고교 시절부터 쭉 캐서린 당신
뿐이었다고. 내 영혼의 동반자임을 그 순간 알았지. 나를
의심하는 거야, 캐서린. 난 당신의 영원한 보디가드잖아!"

딸랑딸랑 아부의 종소리를 힘차게 흔들어댔다.

'힘든 게임이라…….'

하긴 도에 입문한 양 도사도 여자 마음 파악 못해 설악산
에서만 100년 가까운 세월을 허송하고 있었다.

아직도 산 아래 도토리묵집 아주머니의 마음을 사지 못
한 것을 보면 짐작이 가고도 남았다.

전혀 생각지도 못한 숙제를 떠안은 기분이었다.

복잡해져 버린 일상.

'일단 달리자. 이렇게 된 이상… 앞만 보고 달리는 거야.'

당장 풀 수 없는 문제다.

단비와의 관계를 회복하는 데 매달릴 만한 시간적 여유가 나에게는 없었다.

일단 뒤로 미뤄두고 크릭의 말처럼 야구에 매진하는 게 낫다는 생각이 들었다.

어차피 설악산에서도 견뎌낸 단비를 향한 마음이었다.

그녀와의 추억.

그립고 여전히 마주하고 싶었다.

그녀를 생각하는 내 마음만큼은 진실했다.

물론 지금도 순수하다.

정해진 것은 아무것도 없었다.

다만 운명의 소용돌이가 한 차례 나를 엄습했을 뿐이다.

내가 지금 선택할 수 있는 것은 다시 뛰는 일밖에 없었다.

"아빠, 올 여름 휴가는 미국 어때요?"

"엥? 뭐? 미국?"

아침부터 뜬금없는 소리로 가족들을 당황하게 한 장세라.

"너 올해 고3 아니니? 수능이 얼마나 남았다고 휴가를 가? 그것도 미국으로~"

"그래, 그건 좀 그렇다."

평소와 마찬가지로 분주한 아침.

고등학교 3학년인 장세라를 위해 아침 식사를 챙기던 강 여사가 눈을 동그랗게 떴다.

세라의 속내를 아주 모르는 바는 아니었지만 아무래도 때가 적당하지 않았다.

"제 실력이면 원하는 대학에 갈 수 있어요. 그리고… 생각해 봤는데… 유학을 갈까 고민 중이에요."

"유학?"

이건 또 한 번도 들어본 적 없는 얘기였다.

조용히 학업에만 열중해 온 세라.

가뜩이나 막내인 데다 눈에 넣어도 아프지 않을 딸이었다.

뒤늦게 공부에 맛을 들여 부모의 마음을 흡족하게 했었다.

세아보다 좀 처지는 면이 없지 않아 걱정했던 때도 있었다.

하지만 떡하니 혼자 공부해 한국 고등학교에 입학을 했다.

입학도 입학이지만 재학 내내 상위권을 유지해 온 세라.

몇 년 동안 집안의 자랑거리였던 세라가 진지한 표정으로 유학 얘기를 꺼냈다.

"어머! 그럼 나도 세라 뒷바라지도 할 겸 미국 갈까 봐. 못다 한 공부도 좀 더 하고~"

블랙 정장으로 쫙 빼입고 나타난 세아.

평소 같지 않게 오늘따라 나긋나긋한 목소리로 세라를 팔아 함께 미국으로 가겠다고 했다.

어쩌다 목적이 같으면 어제의 적이 오늘의 한편이 될 수도 있었다.

"그, 그래. 공부야 넓은 세상 나가서 하는 것도 좋지. 그런데… 괜찮을까? 미국 유학이라면 좀 더 준비할 게 많을 텐데……."

장기남은 예기치 않은 유학 선언에 살짝 당황스러웠다.

물론 자식들이 제 앞길을 위해 넓은 세상에 가서 공부한다는 데 말릴 수도 없는 일이었다.

세라의 표정 또한 꽤 진지한 상태.

"충분해요. 올해 봐두었던 토플도 만점이에요. 나머지 생활 점수도 괜찮아요. 수상 경력도 꽤 있고… SAT은 한 해에 일곱 번까지 가능하니까 걱정 없어요."

고등학교에 입학하면서 말이 많지 않던 세라였다.

대신 자신이 원하는 바가 있을 때는 끈질기게 쟁취해 내는 성격이었다.

그리고 세라는 장기남의 걱정을 한 방에 날려 버렸다.

"……."

할 말을 잃은 건 강영자 여사도 마찬가지.

장기남과 강 여사는 서로 눈을 마주한 채 어떤 답도 하지 못하고 있었다.

어떤 사람들은 유학을 못 보내서 안달인 세상이다.

하지만 부부는 먹고살 만한 환경에 굳이 두 딸을 외국까지 보내 험한 세상을 겪게 하고 싶지 않았다.

세계 곳곳의 분위기가 수상한 이때 괜히 불안한 마음이 들었다.

국내에서 좋은 대학 나와 원하는 일도 국내에서 찾았으면 하는 심정이다.

그리고 좋은 남자 만나 시집가면 더 바랄 게 없었다.

가볍게 시작된 가족 간의 대화는 자못 심각해지고 있었다.

"그럼! 아빠 우리 미국으로 이민 가요! 아빠 좋아하는 골프도 하고… 플로리다 어때요? 엄마도 본노 잉어 배우고 싶다고 했었잖아~"

덩달아 장세아까지 적극적으로 나왔다.

"그건……."

"곧 방학이에요. 아빠도 민이 오빠 응원가고 싶다고 했잖아요."

"……!!"

세라의 말에 장씨 부부는 정신이 번쩍 들었다.

분명 장기남의 입으로 그 같은 말을 했었다.

하지만 그때는 그냥 해본 말이었을 뿐 실제 가고 싶다는 말은 아니었다.

'이 녀석… 진심이었군.'

그제야 세라의 말에 목적이 다른 데 있다는 것을 눈치챈 장기남.

'뭐, 나쁘진 않지. 민이 정도라면…….'

한때 강민에게 농담처럼 던졌던 말이 현실이 될 기미가 보였다.

이래서 말은 씨가 된다고들 하는 모양이다.

두 딸 중에 아무나 고르라고 했던 말.

조실부모한 것만 빼면 어느 한구석 부족한 것이 없는 녀석임은 잘 알고 있다.

강민이 갖고 있는 재능과 능력을 의심하지 않고 있는 부부.

"그래! 방학하면 미국 가자!"

뭔가 대단한 결심을 한 듯 장기남이 주먹을 불끈 쥐며 눈에 힘을 주어 말했다.

소요될 경비 따위에는 구애받지 않는 강남 스타일 일가족.

말 나온 자리에서 흔쾌히 승낙이 떨어졌다.

"그래~ 미국 여행도 나쁠 건 없지. 면세점에서 구입할 것도 몇 가지 있고……."

온 가족이 미국행을 선택하는 문제는 생각보다 빨리 결정 났다.

"다녀올게요."

목적한 바를 이루고 한껏 기분이 밝아진 세라가 가방을 챙기며 일어났다.

"저도 갈게요. 세라야 같이 가."

며칠 사이 눈에 띄게 말수가 더 줄어든 세라.

옆에서 지켜봐 온 세아가 기회를 놓치지 않고 함께 일어났다.

"그, 그래. 조심해서들 다녀와라. 저녁에는 아빠가 데리러 가마."

뭔가에 제대로 홀린 듯한 장기남의 표정.

얼떨떨한 표정에 학교 가는 두 딸의 뒷모습을 쳐다보았다.

끼릭.

순식간에 현관을 벗어난 세라와 세아.

"여보, 당신 정말 미국 가서 살 생각은 아니죠? 곗돈 붓고 있는 것도 몇 개 남았고… 집안 제사도 많고……."

강남에서도 먹고살 만한데 곧이 미국까지 나가서 살고

싶지 않은 강 여사.

장기남의 진짜 마음이 궁금했다.

강 여사는 경제적인 부분만 갖춰져 있다면 미국보다 더 살기 좋은 곳이 대한민국이라고 생각하는 사람들 중 한 명이었다.

"여차하면 둘만 보냅시다. 아들놈도 다녀온 유학을 딸들도 가고 싶다면 말릴 수는 없잖소."

미국에 나가 살고 싶지 않은 건 장기남도 마찬가지.

젊지도 않았지만 쉽게 용기가 나지 않았다.

짧은 영어와 낯선 환경.

변화가 두려운 나이였다.

친구들과 만나 필드에 몇 번 나가고 바둑이나 두며 보내기에도 빠듯한 시간.

그런 생활을 모두 버리고 낯선 미국까지 나가야 할 이유가 없었다.

"그런데 여보. 민이를 보려면 어디로 가는 거예요? 마이너리그에 있다는데……."

"그렇지. 아무리 민이라 해도 메이저리그는 쉽지 않을 게요. 뭐, 실력은 있으니까 언젠가는 메이저리그로 가겠지. 그때까지는 여기 있어야지……. 메이저리그에 올라가야 녀석 집도 사고 할 테니. 그건 그때 가서 생각해도 늦지 않겠지……."

"……."

강민과의 만남을 내심 특별한 인연이라고 생각하는 장기남.

'이왕 세라 마음이 저 정도라면… 민이가 집 장만하면 그때 가는 게 낫겠어. 사람이 외로워야…….'

장기남 생각에도 세아보다 세라가 강민과 어울렸다.

나이도 적당히 차이가 나고 남 보기에도 좋았다.

본래 사람이 적당히 외로움을 타야 안에 드는 사람의 소중함을 알게 된다.

집을 마련하는 데까지 시간이 좀 걸릴·것이다.

그간 혼자 미국 생활을 하다 보면 사람이 그리울 만도 할 터.

장기남은 내심 여러 상황을 상상해 보고 적당할 때 강민을 찾아보기로 마음먹었다.

강민만 좋다면 두 딸 중 어느 녀석을 내줘도 상관없었다.

그러나 지금 상황으로 봐서 세라가 더 유력해 보이긴 했다.

한국에서는 아무리 '사' 자가 붙은 직업을 가졌다 해도 이제는 먹고살기 힘든 세상.

그럴 바에야 세계적으로 이름을 떨칠 스포츠 스타 사윗감이 한참 나았다.

'둘 중 한 놈만 제대로 된 녀석을 붙고 들어오면 되기. ㄹ

크크.'

집안에 여자를 잘 들여야 한다는 말은 이미 다 옛말이 되었다.

요즘 세상은 딸이 새사람을 집안에 데리고 들어오는 시대.

둘 중 한 녀석만 제대로 된 사윗감을 데리고 오면 금세 가문이 풀리게 된다.

더구나 세상천지 피붙이 하나 없이 혼자인 강민.

데릴사위로 들어앉히면 그만한 재목이 따로 없었다.

그야말로 장씨 가문의 영광이 아닐 수 없는 크나큰 기쁨이었다.

끼이익.

"휴우……."

"어떻게 됐습니까?"

마침 호텔 방문을 열고 들어오는 크릭이 한숨을 내쉬었다.

꽤 긴 시간이 지난 후에야 돌아온 크릭.

"허락하셨다."

"아!"

호텔로 돌아오자마자 감독을 찾아간 크릭은 늦은 면담 때문인지 꽤 지쳐 보였다.

기어코 루이스를 위해 내일 선발 출장을 허락받은 모양
이다.

'자칫, 끝이 될 수도 있을 텐데……'

내일 경기를 망치게 되면 크릭 헤스톤은 끝이었다.

오고가는 사이 들리는 소문이 꽤 좋지 않았다.

코치들의 눈치로 보아 크릭 헤스톤이 조만간 하위 리그
로 밀려나거나 방출될 게 확실했다.

트리플A도 엄연한 리그.

25인 로스터에 쓸 만한 선수들을 채우고 싶은 것은 구단
의 당연한 입장.

폐기 처분 위기의 선수들에게는 냉정할 수밖에 없는 메
이저리그였다.

크릭 헤스톤도 그 수순을 밟고 있었다.

아직은 현역으로 뛸 수 있는 나이였지만 지금 은퇴를 선
언한다 해도 말릴 사람이 없었다.

다른 포지션보다 은퇴가 빠른 투수들.

"어차피 은퇴 날짜를 잡고 있었다. K 네 덕에 며칠 전 경
기에서 승리 투수가 되었지만… 내 어깨는 그 전에 망가졌
다."

크릭은 이미 준비하고 있었던 일인 듯 담담하게 말을 이
었다.

"……."

"아빠가 세상에서 가장 멋진 투수인 줄 알고 있어. 루이스를 위해서라도 다시 일어서고 싶었지만 현실을 받아들여야 할 때가 온 거겠지. 다시 한 번 메이저리그 무대에 서겠다는 희망을 품고 버텼지만… 이제는 끝내야 할 때가 온 거 같아."

정상을 향해 올라가는 자가 있다는 것은 또 그 자리에서 밀려나는 자가 있을 수밖에 없다는 것.

그건 어떤 세상에나 존재하는 법칙이었다.

"아직은 젊지 않습니까. 이대로 포기하시기에는……."

"다음 달 방출 명단에 이미 올라가 있다고 했다. 투수 코치를 통해 들은 얘기야. 루키 리그로 가느니… 이제 그만둬야지."

방출이 결정됐다면 입장을 번복하기는 어려웠다.

또 방출된 선수는 새로운 팀에 소속되거나 루키 리그부터 다시 밟아야 했다.

특히 크릭 헤스톤처럼 메이저리그를 밟은 전적이 있는 선발 투수에게는 불명예스러운 일일 수밖에 없다.

"K, 부탁한다. 내일 루이스를 위해서 힘 좀 써줘."

크릭의 두 눈은 이글거리듯 타오르고 있었다.

진심으로 나를 의지하고 있었다.

자신의 선수 생활이 아닌 아들 루이스를 위해 자존심 따위는 버린 듯했다.

'아놔~ 이거 그냥 갈 수도 없고……'

지난 밤 크릭이 잠든 틈을 타 그의 수면혈을 눌러 몸 상태를 체크했었다.

굴러온 돌 정도로 취급하고 무시할 수도 있었을 나를 처음부터 인간적으로 대해주었던 크릭 헤스톤.

포수 잭 윌리엄과 함께 팀에 자연스럽게 섞일 수 있도록 마음을 써주었다.

이자까지는 아니더라도 어느 정도 보상을 해주고 싶었다.

정신적인 후원까지 받은 마당에 모른 척하고 있을 수만은 없었다.

정작 본인은 자신의 어깨를 포기한 듯했지만 확인한 결과 큰 문제는 없었다.

과거 한국 고등학교 재학시절 야구부 에이스 박대광를 치료해 주었던 때가 떠올랐다.

크릭 헤스톤 역시 부상 후유증으로 근육이 아직 본래 자리를 잡지 못하고 있었다.

'밥도 얻어먹고 했으니… 값을 해야겠지.'

아직도 눈에 선한 크릭 헤스톤의 단란한 가정의 모습.

서로를 배려하는 데 최선을 다하던 크릭과 캐서린의 모습이 인상 깊었다.

깨진 독에 물을 붓는 일도 아니고 조금만 노움을 꺼도 초

전될 여지가 많았다.

굵은 동아줄까지는 내려줄 수 없지만 때가 될 때까지 붙들 수 있는 힘은 주고 싶었다.

"크릭, 나를 한 번 믿어보시겠습니까?"

어깨가 축 처진 크릭.

뜨아한 표정으로 나를 쳐다보았다.

"……??"

돌팔이 의사나 약장수들의 전문 멘트가 튀어나올 게 뭐람.

무슨 의미의 말인지 알아듣지 못한 크릭 헤스톤은 눈만 끔벅거렸다.

"큼큼, 동양의 신비로 얻어진 명약이 있습니다. 이거 한 알 삼키고 비전으로 내려오는 안마를 받으면… 그 어깨 좀 가벼워질 겁니다."

"K……."

크릭이 캄캄한 어둠 속에서 한 줄의 빛을 발견한 듯한 표정을 지었다.

"한 번 믿어보세요. 속는 셈치고 말입니다. 공짜니까 부담 같지 마시고~"

나는 눈을 가늘게 뜨고 은밀하게 말을 건넸다.

"……."

하지만 쉽게 대답을 하지 못하는 크릭.

"날마다 오는 기회가 아닙니다. 그리고 생각해 보세요. 손해 볼 것 없지 않습니까?"

크릭의 눈빛을 보자 문득 공짜는 의심을 부른다는 양 도사의 말이 뇌리를 스쳤다.

싼 것보다는 비쌀수록 뭔가 더 효과가 좋을 거라고 생각하는 사람들의 착각이 불러온 병폐였다.

가끔 살면서 인생의 보너스가 주어져도 못 받아먹는 경우가 그 때문이라고 했다.

의심하다 놓치고 마는 보너스.

"루.이.스!"

"……."

"루이스만 생각하세요."

"…알았다. K, 널 믿어보겠어."

루이스를 언급하고서야 고개를 끄덕이는 크릭 헤스톤.

'…어디 가서 절대 약장사는 하지 말아야지…….'

아무리 명확한 치료 능력을 갖고 있다고 해도 믿어주지 않으면 소용이 없었다.

더구나 돈 받고 치료할 목적도 없는 나.

공짜로 치료를 해주고 싶어도 믿어주지 않으니 말을 꺼내지 않는 게 최선이었다.

생긴 것도 멀끔하게 생겨 사기꾼 같아 보이지 않는 것도 장애라면 장애.

힘들게 시료자를 설득했다.

"그럼~ 간단하게 설명할게요. 제가 알약을 하나 드릴 겁니다. 눈 질끈 감고 드시면 됩니다."

사실 콜라를 백 배 정도 농축해 놓은 듯한 맛을 가진 동양 비법으로 제조한 환이 먹기 쉽지 않을 것이다.

하지만 어떻게 하겠는가.

낱낱이 신랄하게 다 까놓고 얘기할 수도 없는 노릇.

몸소 겪는 수밖에.

"······."

"그리고 홍콩 무술 영화 같은 거 보신 적 있죠? 거기 나온 고수들처럼 편안하게 자세를 잡으세요. 대신!"

꿀꺽.

살짝 긴장한 크릭 눈빛.

"안마가 끝날 때까지 입을 열어서는 안 됩니다. 절대!"

주의사항을 최대한 간략하게 설명했다.

'포장을 바꾼 건 참 잘한 일이야.'

설악산에서 대충 말아온 검은 비닐봉투를 예린이네 집에서 갈았다.

혹시 몰라 챙겨왔는데 이렇게 빨리 쓸 일이 생길 줄은 몰랐다.

제시카의 자가용 비행기를 타고 미국으로 오게 되면서 보기에 민망한 검은 비닐봉투를 버리고 케이스를 하나 얻어 담았다.

케이스만 봐도 꽤 그럴싸한 약으로 보였다.

혹 눈먼 시료자라도 만나게 되면 몇 푼 챙길 수 있을 정도는 되었다.

"K, 잘 부탁한다."

불안감에 목소리까지 살짝 떨리고 있는 크릭 헤스톤.

아무리 이롭다 해도 낯선 것들은 다 두렵게 마련이다.

"딱 믿어보십시오! 내일 아침이면 새로운 세상을 만나게 될 겁니다!"

자신 있었다.

박대광 선배처럼 이제 막 수술을 마친 상태가 아니라 활동 중인 근육이었다.

수술 후 혈도가 막혀 기 순환이 원활하지 못해 일어난 정체 현상이다.

박대광 선배 때보다 시술은 더 간단했다.

'루이스~ 내 티 꼭 사야 한다~'

야구로 일확천금을 벌 생각은 추호도 없었다.

하지만 이왕 활동하고 있고 벌어들여야 할 돈이 있다면 긁어모을 생각이다.

그래서 플로리다에 근사한 집 한 채 구입해 놓고 싶었다.

샌프란시스코 자이언츠.

보란 듯이 나를 마이너리그로 밀어내린 대가를 톡톡히

치르게 할 것이다.

"그럼 시작해 볼까요~"

나의 작은 선행으로 한 사람의 인생이 또 한 번 빛을 발하게 될 것이다.

최대한 조심했다.

같은 이슬도 독사가 먹으면 독이 되는 법.

또 이름 없는 풀 위에 내린 이슬은 아름다운 꽃을 피우게 되는 것이 자연의 이치였다.

크릭처럼 살고자 애쓰는 선량한 사람에게는 단연코 단 하나의 환이 감로주가 될 것이다.

하루는 짧고 또 길었다.

오늘도 나는 이렇게 한 사람에게 희망의 잔이 되고 있었다.

혼자는 결코 살 수 없는 세상.

이렇게 무엇을 나눌 수 있다는 것마저도 감사한 순간이었다.

'크윽!'

처음 접해보는 동양의 신비의 알약.

K의 말대로 눈 질끈 감고 입안에 넣었다.

맛이 아주 고약했다.

"자, 눈을 감으세요. 그리고 요가를 하듯 명상 자세를 잡으세요."

등 뒤쪽에서 들려오는 나지막하고 진지한 K의 목소리.

나타난 지 며칠 만에 프레즈노 그리즐리스의 기둥 역할을 톡톡히 해내고 있었다.

그야말로 신비한 동양 청년이었다.

'잘될 거야!'

사실 K를 믿는 건 여전했지만 두려움이 엄습했다.

그럼에도 몸을 맡긴 건 더 이상 잃을 게 없기 때문.

내일 등판하지 않는다 해도 언제까지 자리를 지킬 수 있는 처지가 아니었다.

특히 내일 경기에서 제대로 실력을 보여주지 못한다면 곧 방출될 게 확실했다.

프레즈노 출신인데다 메이저리거 경력 때문에 이 정도까지 봐준 것이었다.

마지막 경기가 될지라도 등판의 기회를 잡고 싶었다.

크릭 헤스톤은 루이스에게 자랑스러운 아빠의 모습을 보여주는 것이 목표였다.

녀석의 추억 속 마지막 장을 화려하게 장식해 주고 싶은 아빠의 마음이었다.

K가 함께 뛰는 까닭에 크게 두렵지는 않았다.

패물 신세가 되어 잘려 나가기 전에 스스로 당당한 은퇴식을 갖고 싶었다.

크릭 헤스톤의 상태를 잘 알고 있던 감독의 배려가 뒤에 있기도 했다.

평소 같았다면 절대 승낙하지 않았을 크릭 헤스톤의 등판.

다른 사람의 과한 친절을 불편해하는 성격을 갖고 있던 크릭이었다.

하지만 K에게만은 달랐다.

처음부터 며칠 함께하지는 않았지만 늘 상대를 미소 짓게 하는 힘이 있었다.

심성 또한 부드럽고 다정했다.

어느 순간부터 크릭도 K에게 마음이 열리는 것을 느꼈다.

"이제부터 집중하세요. 눈을 감고 편안하게 몸에서 일어나는 반응들을 지켜보세요."

'……!!'

하나하나를 섬세하게 설명하며 등판 아래쪽에 손을 가져다 대는 K.

그의 손이 닿는 곳에서 따뜻한 기운이 느껴지기 시작했다.

'뜨, 뜨겁다!'

따뜻하게 전해지던 기운은 어느 순간 뜨거운 기운으로 바뀌었다.

평상시 한 번도 느껴보지 못했던 기분 좋은 기운이었다.

크릭 헤스톤은 속으로 적잖이 놀라고 있었다.

결코 사람의 손바닥에서 나타날 수 있는 그런 발열량이 아니었다.

'헛!'

그뿐만이 아니었다.

'우, 움직인다!'

놀랍게도 등판에서 시작된 뜨거운 기운은 일정한 온도를 유지한 채 이동하기 시작했다.

'정말 놀라워. K, 정체가 뭐지……?'

마치 영화에 등장했던 주인공들 같다는 생각이 들었다.

동양의 무술을 연마한 고수들.

청소년 시절 즐겨보았던 쿵푸 영화에 자주 등장했었다.

하늘을 자유자재로 날아다니는가 하면 손바닥에서 바람을 만들어내는 신비한 능력자들이었다.

다 믿을 수 있는 얘기들은 아니었지만 가능할 수도 있다는 생각이 들었다.

현재 10할대의 타율을 보이는 천재적 타격감.

그리고 타자들을 압도하는 절정의 투수력.

뭔가 명확하게 말할 수는 없지만 믿음이 갔다.

'조금이라도 도움이 된다면…….'

무슨 짓이든 해보고 싶었다.

이렇게 선수 생활을 끝낸다는 걸 상상해 보지 않았다.

브릭은 다시 한 번 강속구를 던질 수 있지 않을까 하는 희망을 품었다.

이건 하나뿐인 아들 루이스를 위해서가 아니었다.

지금 이 순간만은 자신의 자존심을 일으켜 세우고 싶었다.

그리고 반드시 마지막 꿈을 펼쳐 보고 싶어졌다.

스스스스슷.

따듯한 기운들이 등을 지나 온몸을 휘젓고 다녔다.

스르르릇.

크릭은 나른한 꿈속을 헤매는 듯한 기분을 맛보았다.

현실인지 꿈속인지 분간이 가지 않을 정도로 착각이 되었다.

지치고 힘든 여행을 마치고 막 집으로 돌아온 듯한 편안함이 엄습해 왔다.

기분이 좋았다.

시간은 천천히 흘러갔다.

고요함이 가장 역동적으로 공간을 메우고 있는 방 안.

가장 화려한 라스베이거스의 허름한 3류 호텔 방안의 풍경이었다.

꺼져 가던 불꽃이 신비한 비밀을 품고 다시 불꽃을 일으키고 있었다.

제7장
조상의 요리를 찾아서

국가 연주가 끝나고 시작된 프레즈노 그리즐리스와 라스베이거스 피프티원스의 마지막 3연전.

"스트라이크 아웃!"

최근 3연승을 달리게 된 프레즈노.

그리즐리스 팀의 덕아웃은 1회 초 공격이 무위로 돌아갔음에도 여유가 넘쳤다.

"토드 헛방망이질은 메이저리그급이라니까~"

"오! 오늘 쟤들 독기 단단히 품었는데?"

반대로 라스베이거스 피프티원스 팀 덕아웃 분위기는 초상집 같아 보였다.

처음 생각에는 홈 3연전을 싹쓸이할 거라고 생각했다.

그러나 1승은 고사하고 원정까지 포함해 연속 3연패를 당하고 있는 상황.

오늘 경기까지 패하게 되면 슬럼프에 빠질 수도 있었다.

팀 선수들 사이에 긴장감이 팽팽했다.

"우우우우우! 오늘까지 지면 죽을 줄 알아! 이 멍청한 놈들아!"

"배트가 아랫도리만큼만 되도 그렇게 허접하지 않을 가다!!!"

"K의 밥 되려고 나왔냐?"

"뭔가 보여 달라고~!"

K를 응원해 왔던 홈팬들도 피프티윈스 팀의 연패에 짜증이 제대로 올라 있었다.

"오늘 괜찮을까요?"

펫 라이크가 크릭 헤스톤을 걱정스러운 눈으로 바라보았다.

"아직 몸이 온전치 않은데……. 휴식도 넉넉히 취하지 못한 상태가 아닙니까."

마운드에 올라 있는 크릭 상태는 겉보기에는 괜찮아 보이긴 했다.

하지만 밥 마리오 감독은 다른 말이 없었다.

본래 다른 선수가 선발로 예성뇌이 있었지만 아침에 갑

자기 오더가 바뀌었다.

　물론 감독의 권한이었지만 투수 코치 펫 라이크는 살짝 걱정이 되었다.

　"펫, 자네도 마이너리그에서 선수 생활을 마쳤지?"

　"네, 그렇습니다. …아직도 그때가 생생합니다."

　은퇴식이라고 불릴 것도 없는 초라한 선수 생활의 마무리.

　코치 연수를 받으라는 구단의 통보를 받은 게 은퇴가 되어버렸다.

　그것도 하루아침에 투수 코치 펫 라이크라는 신분으로 바뀌어 버린 투수 인생.

　그대로 현역 선수 생활을 접고 말았었다.

　"…우습지 않나. 나도 마찬가지였지."

　밥 마리오 감독이 펫 라이크의 말 뒤에 자신의 얘기를 덧붙였다.

　"……."

　"자네와 달리 우리 때는 더 심했지. 원정 경기를 갈 때면 고물 버스에 지친 몸을 싣고 다녔지. 어느 날 원정이 끝났는데 다음 경기부터 나올 필요가 없다고 하더군. …그게 다였네. 그 일이 마치 어제 일 같군."

　마리오 감독은 지난 과거를 회상했다.

　마운드에 오른 크릭 헤스톤을 바라보는 그의 두 눈가에

아릿함이 엿보였다.

다들 잘나갈 때 은퇴하지 못했다.

마음은 박수칠 때 떠나고 싶었지만 현실은 그렇지 못했다.

더구나 멀쩡하게 은퇴를 할 수도 없었다.

어떻게든 생존해야 하는 바닥에서 생계까지 걸려 있는 한 몸이 망가지는 순간까지 달려야 했다.

그래서였을 것이다.

밥 마리오 감독이 아직도 마이너리그에 남아 있는 것.

그 누구보다 뼈저리게 겪은 마이너리스에서의 생활이었다.

선수들 각각의 생활을 잘 알고 있기 때문에 그들의 입장을 조금 더 배려할 수 있었다.

"어제… 크릭이 날 찾아왔네."

"네? 크릭이요?"

"그래. 루이스와 캐서린이 응원 차 이곳에 왔다고… 선발로 등판시켜 달라고 하더군."

"그랬군요. 하지만 아직 어깨가 다 풀리지 않았을 텐데 무리가 되지 않겠습니까."

"나도 홈에 가서 뛰라고 했지."

"듣지 않았군요. 크릭이……."

"아니, 알다시피 방출 예비 통보서가 와 있네."

"…알고 있습니다."

"아마 오늘 95마일 이상의 강속구를 보여주지 못한다면… 더 두고 보지 않을 거야. 홈경기는 고사하고 곧장 방출시키겠지."

"…감독님."

코치들도 다 알고 있는 크릭 헤스톤의 방출 예비 통보문.

수시로 선수들이 오고가는 마이너리그 구단이었지만 한 달에 한 차례씩 정기적으로 선수들을 골라냈다.

메이저리그에서 부상당한 선수들이 내려오게 되면 25인 로스터를 맞추기 위해 순위에서 밀려난 선수를 하위 팀을 보내야 했다.

그런 일들은 연쇄적인 이동성을 만들어냈다.

그중에서도 가장 큰 이동이 바로 조건 없는 방출이었다.

하위 마이너리그도 아닌 침묵의 은퇴식 같은 것.

말 그대로 퇴출 통보나 마찬가지였다.

"지켜보자고. 누가 알겠나. 마지막이라고 생각하면 없는 힘도 생기는 거니까……."

"……."

밥 마리오 감독은 기적을 기대했다.

현실에서는 말도 안 되는 바람이지만 그래서 더 기적을 바랐다.

크릭 헤스톤을 이대로 방출해 버린다는 것은 마이너리그

의 손실이었다.

그나마 K가 함께 뛰고 있어 어느 정도 케어를 받을 수 있을 것으로 보았다.

냉정하게 게임을 운영하고 선수들을 일체로 끌어야 하는 자리가 감독의 위치였다.

하지만 그도 보통 사람들과 같은 감정을 갖고 있는 사람이었다.

데리고 있던 선수들이 이런 식으로 마운드를 벗어날 때마다 마음이 좋지 않았다.

흔들림 없는 밥 마리오의 태도에 남은 선수들은 인간미가 없다고 떠들어댔다.

그런 사실을 알고도 그 어떤 핑계도 대지 않았었다.

다만 혼자 감독실에 앉아 시가를 물고 잠깐의 시간을 갖는 게 다였다.

독한 연기를 내뿜다 보면 시가 맛에 취해 잠깐 복잡한 마음을 내려놓을 수 있었다.

사람 관계라는 게 본래 만남과 이별을 반복하게 돼 있다.

물론 어느 곳을 가나 그것은 연속적으로 일어나는 일이다.

구장을 떠나야 하는 후배들을 볼 때마다 미래의 자신 모습과 대면하는 듯한 기분을 맛봤다.

처저적.

펫 라이크와 밥 마리오 감독이 몇 마디 나누는 사이 수비
진이 자리를 잡았다.

"오늘은 2루수인가?"

"네."

"허허, 정말 놀랍군. 어떻게 거의 모든 포지션이 가능하
단 말인가."

"그러게 말입니다. 정말 놀라운 운동 신경입니다."

"…오늘도 역시 K 손에 달린 건가."

"……."

본인의 요청으로 오늘은 2루수에 자리를 잡은 K.

유격수와의 팀플레이가 가장 중요한 자리였다.

중견 플레이에도 능해야 하지만 핵심은 수비.

"K! K! K!"

"드래곤 K!!!"

역시 K가 등장하자 변함없이 열광하는 야구팬들.

여전히 홈경기를 방불케 했다.

자칫 원정 경기 중이라는 것을 망각할 정도다.

스스슥.

아직은 플레이 선언 전.

K에게서는 여유가 느껴진다.

팔을 들어 올려 손바닥을 펴 흔들어 보이는 쇼맨십까지
선보이고 있었다.

"와아아아아아아아!"

K의 작은 움직임에도 폭발적인 반응이 터져 나오는 관중석.

열광의 도가니가 따로 없었다.

"플레이 볼!"

주심의 힘찬 목소리가 울렸다.

스윽.

타자가 타석에 자리를 잡았다.

투수 크릭 헤스톤이 투구 포지션을 취했다.

포수와 사인을 주고받는 크릭 헤스톤.

밥 마리오 감독을 비롯한 코치들 역시 숨을 죽였다.

덕아웃에 남아 있는 동료 선수들 역시 크릭 헤스톤의 첫 구에 신경을 집중했다.

오늘 경기는 모두에게 남다른 의미가 될 것이다.

함께했던 한 선수가 은퇴식을 겸하는 자리.

일부러 말을 꺼내지는 않았지만 모두 대충 감을 잡고 있었다.

그나마 크릭 헤스톤은 과거 화려한 경력이 있는 메이저리거.

그래서 오늘 같은 경기에 설 수 있는 배려도 주어졌다.

여타 다른 평범한 선수들이었다면 원정 경기 중에 짐을 싸게 됐을 것이다.

척!

사인이 떨어지자 크릭 헤스톤은 와인드업 자세를 취했다.

그리고,

휘이익!

힘차게 앞발을 내딛으며 공을 뿌렸다.

쇄애애애애애앳!

"……!!"

엄청난 속도로 날아가는 공.

밥 마리오 감독과 투수 코치 펫 라이크는 자신들의 눈을 의심했다.

분명 90마일도 못 미치게 던졌던 크릭 헤스톤.

평소와 달랐다.

뻐어억!

"스트라이크!"

공은 포수 미트에 박혀들며 둔중한 마찰음을 냈다.

뒤이어 터진 주심의 경쾌한 목소리.

한복판에 직구로 꽂아 넣었다.

"뭐, 뭡니까?"

"이게 가능합니까?"

"9, 97마일!!"

"……."

말끔하게 수리된 전광판에 정확하게 떠오른 숫자.

97마일이다.

크릭 헤스톤이 메이저리거로 활약할 당시 어렵지 않게 뽑아내던 강속구.

"허억!"

"9, 97마일이라니!"

덕아웃에서 지켜보던 동료 선수들의 엉덩이가 들썩거렸다.

자리에서 튕겨 오르듯 벌떡 일어선 선수들도 보였다.

분명 팔꿈치 수술 이후 퇴물 선수로 몰락해 가고 있던 크릭 헤스톤이었다.

눈으로 보고도 믿을 수 없는 상황.

그가 던질 수 있는 공이 아니었다.

며칠 전 경기까지 상대편 선수들에게 두들겨 맞던 크릭 헤스톤의 투구.

거의 배팅 볼 수준의 공을 던졌던 인물이 분명했다.

하지만 달랐다.

그것도 믿을 수 없을 만큼 달라졌다.

과거의 영광을 되찾기라도 하려는 듯한 크릭 헤스톤.

미친 광속구라는 별명에 걸맞은 포스가 엿보였다.

빠르고 정확한 구속력을 되살려 낸 변화가 심한 직구를 가볍게 던졌다.

"펫··· 내가 지금 헛것을 본 건가?"

"가, 감독님··· 제가 본 것도 헛것일까요?"

밥 마리오 감독과 펫 라이크가 서로를 마주보았다.

본인들이 직접 본 광경을 서로에게 확인받기 위해서였다.

타자는 슬럼프를 겪더라도 어렵지 않게 극복했다.

그리고 또 과거의 실력을 되찾는 경우가 종종 있어 왔다.

하지만 투수는 달랐다.

꼭 슬럼프가 아니어도 정교한 메커니즘으로 굴러가는 투수의 신체는 장애가 많았다.

결코 하루아침에 저런 광속구를 뿌릴 수 있는 사람은 없었다.

눈앞에서 벌어진 상황을 믿을 수 없는 밥 마리오 감독.

턱.

포수에게 공을 돌려받은 크릭 헤스톤.

처억척.

발을 이리저리 움직여 투구판을 정리했다.

파아아앗.

분명 며칠 전 경기에서의 크릭 헤스톤이 아니었다.

마운드에 서 있는 그의 몸에서는 절대적 위압감이 풍기고 있었다.

신인 시절의 크릭 헤스톤.

미친 광속구라는 별명을 얻게 했던 시절의 그의 모습과 흡사했다.

"아빠!!! 아빠!!! 우리 아빠 최고!!!"

조용하게 숨을 죽인 관중석.

상황이 믿겨지지 않는 것은 관중도 마찬가지였다.

프레즈노 선수들 뒤쪽 관중석에서 들려오는 어린아이의 목소리만이 조그맣게 울려 퍼지고 있었다.

크릭 헤스톤의 광속구에 얼이 빠지기는 라스베이거스 홈 팬들도 마찬가지.

과거부터 라스베이거스 피프티원스 팀과 라이벌이었던 프레즈노 그리즐리스.

프레즈노의 영웅 크릭 헤스톤의 영광스러웠던 시절을 누구보다 잘 기억하고 있었다.

그의 몰락은 오랜 숙적의 몰락을 말하는 것이었다.

그런데 오늘 마른하늘에 날벼락 같은 일이 벌어지고 있었다.

처억.

전혀 동요하지 않는 크릭 헤스톤.

전혀 다른 사람처럼 보였다.

포수와 사인을 나누고 다시 자세를 잡는 그의 당당한 투구폼.

어제까지 은퇴를 생각했던 선수가 맞는지 의심스러울 정

도였다.

쐐애애앳.

다시 한 번 크릭 헤스톤의 손을 떠난 공이 공간을 가르며 날았다.

퍼어엉.

밥 마리오 감독은 머리가 빙빙 도는 것 같았다.

K에 이어 하늘이 프레즈노 그리즐리스에 주는 또 하나의 기회처럼 느껴졌다.

방망이는 휘둘러보지도 못하고 타이밍을 빼앗긴 라스베이거스 피프티원스의 1번 타자.

정확하게 같은 코스에 꽂힌 야구공.

다른 점이라고는 전광판에 찍힌 숫자뿐이었다.

전광판에 나타난 숫자는 98마일.

"오늘 경기 정말 대단했습니다. 미친 광속구 크릭 헤스톤이 과거의 명성을 다시 되찾는 무대였습니다. 방출과 은퇴의 기로에 서 있던 절묘한 타이밍에 터져 나온 크릭 헤스톤의 광속구!"

"이번 경기는 라스베이거스 피프티원에 안타 두 개만을 허용했을 정도로 상대 타선을 완전 꽁꽁 묶었습니다."

"놀라운 일이 아닐 수 없습니다. 웬일인지 미친 광속구 크릭 헤스톤의 이번 투구 실력은 과거보다 더 강렬한 뭔가를 갖고 있는 것으로 평가되고 있습니다."

"거의 완벽한 크릭 헤스톤의 직구는 정확하고 강렬함으로 무장한 채 그라운드를 평정했습니다."

"뿐만 아니라 이번 경기에서 프레즈노 그리즐리스의 활약은 예상을 뒤엎는 크릭 헤스톤의 활약으로 샌프란시스코 자이언츠에까지 활력을 불어넣을 것으로 보입니다."

"새롭게 등장한 드래곤 K가 오늘 또다시 홈런을 때렸습니다. 아쉽게도 삼진 하나를 당했지만 홈런과 볼넷 세 개, 도루 여섯 개로 마이너리그 신인 최단 기간 연속 도루 신기록을 갈아치웠습니다."

"실로 엄청난 사건이 아닐 수 없습니다. 어떻게 하루아침에 프레즈노에 이런 변화가 가능했는지 알려지지 않고 있습니다. 밥 마리오 감독은 선수들 스스로 얻어낸 쾌거라고 말했습니다."

"이렇게만 간다면 자이언츠 구단이 올해 월드시리즈를 노려볼 수도 있다는 전망이 쏟아져 나오고 있습니다."

"프레즈노 그리즐리스는 며칠 전까지만 해도 올해 경기를 포기하고 내년 시즌을 준비한다고 밝힌 바 있습니다. 하지만 K와 크릭 헤스톤의 완벽한 복귀로 2년 연속 월드시리즈를 재패한 전력을 살려 다시 3연패를 노려볼 수도 있지 않겠습니까, 그렇게 되면 내셔널리그에서는 난 한 번도 전적이 없었던 기록을 자이언츠가 세우게 되는 것입니다."

샌프란시스코 지역 방송이 KTU의 스포츠 타임.

몇 분을 사이에 두고 아나운서들의 열띤 방송이 계속되고 있었다.

너 나 할 것 없이 오늘 있었던 경기를 중계하느라 침을 튀겨가며 열을 올렸다.

"아메리칸 리그의 양키스나 한때 누렸던 영광이겠군요."

"맞습니다. 저 맥그리엄이 환상 속에서 생각해 봤던 엄청난 일이 현실이 될 수도 있을 것 같습니다!"

메이저리그 경기 소식은 단신으로 처리되는 이례적인 상황까지 벌어지고 있었다.

평소에는 거의 관심도 없었던 마이너리그 경기 소식.

그것도 라스베이거스 원정길에 올라 있는 프레즈노 그리즐리스 팀에 관련한 방송만 계속 내보내고 있었다.

지금이야말로 야구의 계절.

월드시리즈 2연패 이후 승리에 대한 욕구가 거의 바닥을 드러내고 있던 구단과 지역 주민들은 쉴 새 없이 떠들어대는 방송에 당황하는 수준이었다.

이미 쓸 만한 선수들이 구단에서 많이 빠져나간 마당이었다.

욕심을 낸다 해도 우승을 기대하는 것 자체가 거의 불가능한 상황이었다.

그런데 제대로 사건이 터졌다.

자이언츠가 계약했던 동양인 선수 K가 트리플A에서 한 건 한 것이다.

구원승에 이은 타석에서의 막강한 타격력.

경기 때마다 홈런을 때렸다.

그리고 수비 위치를 수시로 바꿔가며 상대팀의 길을 완벽하게 차단시켰다.

눈에 띄는 것은 그뿐만이 아니었다.

순발력 또한 뛰어나 나갔다 하면 도루를 했다.

포수와 투수의 사인이 무색할 정도로 그라운드를 누볐다.

K를 잡기 위해 피프티원스 투수와 포수가 발 빠르게 움직여도 상관없이 베이스를 파고들었다.

마치 사냥감을 쫓는 사냥개와 같았다.

때론 과감하게 날개를 펴고 앞이 보이지 않는 어둠 속을 거침없이 뚫고 가는 박쥐처럼 재빨랐다.

막을 수 없었다.

K가 그라운드에 등장한 지 일주일이 채 안 됐다.

하지만 메이저리그 닷컴에 오르락내리락하고 있었다.

이미 샌프란시스코 자이언츠 팬들의 머릿속에는 K가 현역 선수보다 더 강하게 각인되어 갔다.

"문제는 자이언츠 구단입니다. 래니 베어 구단주를 비롯해 오라이언 사빈 단장이 전혀 움직임을 보이지 않고 있습니다."

"소속 산하 팀에 K와 재활에 완벽하게 성공한 크릭 헤스톤을 그대로 두고 5실점 이상 당하는 투수를 껴안고 있는 게 이해가 안 된다는 반응들입니다."

"샌프란시스코 자이언츠를 사랑하는 팬들에게서는 불만이 터져 나오고 있다고 합니다."

"그 문제는 꼭 짚고 넘어가야 할 것으로 보입니다. 레이반 당신도 저와 함께 자이언츠 홈페이지에 항의하도록 하죠. 아니면 내일 아침 경기가 시작되면 피켓이라도 들고 구단을 자극해 보는 것도 좋을 것 같은데요."

"찬성입니다. 눈이 있어도 알아보지 못한다는 것은 구단 경영에 문제가 있다고 봐야 할 겁니다. 항의의 피켓을 보여주게 되면 긴장을 하겠지요."

"주변 가까운 사람들을 모아 함께해도 좋을 것 같습니다."

"물론입니다~ 이왕이면 가족 단위로 움직이는 것도 좋겠군요."

농담 반 진담 반으로 말을 주고받는 아나운서들.

메인을 맡은 맥그리엄이 화면을 정면으로 응시했다.

스윽.

그리고 주먹을 올린 후 가운뎃손가락을 거침없이 세웠다.

"래니 베어 구단주. 작년에 마셨던 승리의 축배는 벌써 기억에서 잊혔습니다. 이거 하나만 기억하십시오! 홈팬들은… 언제나 승리에 목마르다는 사실을!!"

그 누구도 아닌 샌프란시스코 자이언츠 구단주인 래니 베어를 향한 맥그리엄의 경고였다.

끼릭.

대형 텔레비전 화면 전원이 꺼졌다.

가운뎃손가락을 세우던 맥그리엄의 마지막 모습이 화면에서 사라졌다.

"오라이언, 할 말 있으면 해보게."

"……."

자이언츠 구단주 래니 베어.

타 구단과 달리 단일 구단주가 아니었다.

자이언츠 구단 투자자들을 대표하는 인물로 현재 구단주 역할을 맡고 있는 인물이었다.

구단을 운영하는 것도 사업이었다.

투자단이 소속된 방송사에서 중계권료를 헐값에 넘기고 엄청난 이득을 보고 있는 이들.

올해는 식어버린 구단 투자에 팬들도 홈을 찾지 않는 걸로 보답했다.

"홈팬들 뒤집어진 거 봤지? 빈티균. 오라이언, 자네도 알다시피 나 또한 구단이 잘나가야 먹고살 수 있는 사람이야.

작년까지 우승하느라 투자한 돈이 얼마야?"

래니 베어는 언론에서 떠들어대고 있는 화살을 혼자 다 맞을 수는 없었다.

"이것저것 정리하고 나니 투자자들 호주머니를 얼마 채워주지 못했어."

상황을 솔직하게 얘기했다.

금발에 곱슬머리.

딱 보기에도 고집스러워 보이는 남부 출신의 사업가 가문 후손이었다.

"……"

"오라이언 자네도 투자자들 중 한 명 아니었나. 그런데 선수들 관리를 어떻게 이렇게 할 수 있나."

래니 베어의 말을 듣고 있던 오라이언은 할 말이 없었다.

혼자 결정한 일이 아님을 래니 베어도 잘 알고 있었다.

두 번의 월드시리즈 재패 후 선수들을 팔아치우는 데 앞장섰던 사람들이 바로 투자단이었다.

우승을 위해 단기 계약한 선수들의 몸값이 천정부지로 치솟았다.

두 차례의 우승을 거머쥘 때마다 투자단은 엄청난 이득을 봤다.

하지만 선수들 몸값에 치어 세 번째 우승을 노릴 수 없게 되었다.

우승한다는 보장 없이 비싼 몸값의 선수들을 데리고 가야 하는 모험을 할 자신이 없었던 것이다.

뛰지 않아도 선수들의 몸값은 하루가 다르게 뛰었다.

그것을 감당하지 못하고 선수들을 비싼 값에 내놓았다.

"래니, 어쩔 수 없었어. K라는 놈이 그렇게 실력이 뛰어난 줄 어떻게 알겠나. …놈은 괴물이야."

공식적인 자리가 아니고는 편안하게 말을 트는 두 사람.

가까운 친구처럼 말을 주고받았다.

"그런 괴물과 계약을 하고도 알아보지 못한 건 자네 실수야."

"그래, 인정하네. 실력을 명확하게 확인할 수 있는 방법이 없었어."

"그걸 지금 변명이라고 하나! 그럼 크릭 헤스톤은 어떻게 설명할 건가!"

"크릭 헤스톤은 전혀 의외야. 분명 팀 닥터들과 코치들의 의견은 재기가 불가능하다고 했었네."

"그런 투수가 완봉승을 거둬? 나보고 그 말을 믿으란 말인가."

"나도 그걸 모르겠다는 말이야."

오라이언은 점점 목소리가 작아졌다.

혼자 결정한 것이었다면 할 말이 없었을 것이다.

분명 크릭 헤스톤은 방출을 해도 무방할 상황이었다.

"마지막 구속이 98마일을 찍었네. 오라이언, 이러지 말자고. 우리는 사업가야. 선수들은 우리의 비즈니스 파트너란 말일세."

"나도 잘 알고 있네."

"선수들의 모든 걸 파악해야 팀과 우리의 미래가 함께 보장된다는 걸 진정 모른단 말인가."

"미안하네……."

오라이언은 고개를 떨구었다.

돈 될 만한 선수를 알아보지 못한 건 구단의 실질적 운영자인 단장 책임이었다.

"지역 언론들뿐만 아니라 당장 주변 친구들도 난리야. 다저스에게 형편없이 깨지면서 그런 여유가 어디서 나냐고 말이야."

"……."

입을 꾹 다문 오라이언 단장.

래니 베어는 자신이 받게 될 화살들을 미리 다 오라이언을 향해 쏘아붙이고 있었다.

"푸이그 봤잖아. 그 한 녀석 때문에 다저스가 어떻게 활개를 치는지. 엄청난 흥행몰이에 성공한 대표적 케이스지."

오라이언은 손가락을 성신없이 움직이며 조급함을 감추지 못하고 있었다.

"계약 조건이 특이해."

"그게 뭐 어쨌다는 건가."

"계약서대로 이행된다면… 연봉이 수천만 달러에 육박할 거야."

"오라이언, 언제부터 이렇게 간이 작아진 거야? K가 수천만 달러를 가져간다면 그건 곧 구단은 몇 배를 더 뽑아낼 수 있다는 말인 거 몰라?"

"…그게 그렇게 간단하지가 않아서 말이야."

"조금 전에도 말했잖나. 우리는 사업가야. 놈은 대박 상품일 뿐이고. 그리고… 크릭 헤스톤까지 지금 실력을 유지한다고 하면 지역 우승도 노려볼 만한 것 아니야? 타자가 문제가 아니라 자이언츠는 선발 투수들이 없는 상태잖나."

이 정도 되면 수천만 달러 이상의 가치가 있었다.

잘나가는 선발급 투수의 몸값이 한때 수천만 달러.

K는 투수뿐만 아니라 타자 쪽도 케어가 가능한 만큼 엄청난 능력을 보이고 있다.

래니 베어는 입맛을 다셨다.

화끈한 것에 더 끌려 하는 미국 팬들에게는 K만 한 상품이 없었다.

"아직도 망설이는 건가? 자네… K한테 감정이 있는 건가?"

"……."

오라이언 단장은 대꾸를 하지 않았다.

"K를 싫어하는군."

"……."

K를 구단에 영입하긴 했지만 단장으로서 자존심이 상하지 않았다면 거짓말이다.

검증도 제대로 되지 않았던 K.

게다가 말도 안 되는 계약 조건을 내걸었다.

하지만 상황이 이쯤 되자 오라이언 단장도 더 이상 래니 베어 앞에 할 말이 없었다.

K는 마이너리그로 밀어낸 오라이언 단장에게 제대로 한 방 먹이고 있었다.

오로지 본인의 실력만으로 자신의 이름을 만천하에 알리고 있었다.

"분명히 말해두겠네. 지금 우리는 엄청난 행운을 붙잡게 될 거야. K가 현재 엄청난 속도로 입지를 다지고 있네. 크릭 헤스톤은 과거 전적을 되찾게 됐고. 이대로만 간다면… 다저스를 침몰시킬 수 있어!"

래니 베어는 투자자 이전에 자이언츠의 골수팬이다.

그의 두 눈에는 K와 크릭 헤스톤이 샌프란시스코 자이언츠에 벌어들일 엄청난 돈이 보였다.

감당할 수 없을 만큼 쏟아서 들이오는 돈다발.

불과 얼마 전까지만 해도 다 내려놓은 듯 마음을 비웠던 래니 베어.

눈동자에 욕망의 빛이 이글이글거렸다.

"알겠네. 바로 콜업하도록 하겠네."

"K가 원하는 조건… 웬만하면 다 맞춰져. 혹시 잘 맞는 파트너라도 있다고 하면… 한둘 정도는 함께 올려도 좋아."

대개 투수들은 포수들과 궁합이 잘 맞아야 한다.

거기서 대부분의 성공 여부가 결정된다고 해도 과언이 아니다.

그러다 보니 투수와 잘 맞는 전담 포수가 함께 콜업되는 일이 종종 있어 왔다.

"…그렇게 하도록 하지."

"원하는 등번호 체크하고 유니폼과 티셔츠, 각종 파생 상품 아이템을 서둘러 출시하도록 해. 오늘 당장 말이야."

개인적으로는 친구였지만 엄연히 구단주에 자리에 앉아 있는 래니 베어.

"그래, 알겠네."

오라이언 단장 역시 투자자.

그러나 래니 베어와는 비교할 수 없을 정도로 미미한 지분을 소유하고 있었다.

거의 계약직이나 다를 바 없는 오라이언 사빈 단장,

K라는 인물 하나 때문에 자존심은 바닥을 치고 있었다.

래니가 오라이언 단장에게 하는 말은 그야말로 보스의

명령 같았다.

'운도 좋은 놈이군.'

일이 이쯤 진행돼 버린 상황이라면 오라이언 사빈 단장의 힘으로 어떻게 해볼 수 없었다.

구단 소속 스카우터들이 콜업을 주장했었다.

과감하게 무시해 버렸던 오라이언.

구단주의 눈에 띄었고 방송국까지 들고 일어났다.

K는 사자였고 등에 날개까지 단 꼴이 되었다.

"크릭 헤스톤은 구단 주치의들 파견해서 상태 체크해 봐. 단기 계약해 놓은 상황이니 올해 지나면 몸값이 얼마나 뛸지 모르겠군. 서둘러 연봉 조정도 준비하고."

"그래……."

오라이언은 노트 필기를 하는 척했지만 팬 볼이 뭉그러질 정도로 힘을 주며 불편한 심기를 감추었다.

여전히 래니 베어와는 눈을 마주치는 것을 피했다.

퇴물 직전의 크릭 헤스톤까지 날뛰는 상황.

올 한 해만큼은 팀 리빌딩을 위해 조용히 보내려고 마음을 먹고 있었다.

언짢아질 대로 언짢은 마음을 감추고 묵묵히 고개를 끄덕이는 오라이언 사빈 단장.

사실 구단주가 예상하는 대로만 된다면 엄청난 파급 효과가 일어날 것이다.

과거와 달리 실력이 돈이라는 것으로 확실하게 검증된 세상.

더 이상의 투자 없이 우승을 생각해 볼 수 있다는 것은 구단이 바라는 최상의 수였다.

"타자들 중에 싼값에 데려올 수 있는 애들이 몇이나 되나 파악해 둬. 투자자들 설득해 봐야겠어. 이대로 올해를 보내 버린다는 게 무척 아쉽군. 흐흐."

엄청난 속도로 돌아가는 래니 베어의 머리.

양키스나 다저스에 비하면 거의 돈을 들이지 않고 월드 시리즈 우승을 거머쥘 수도 있었다.

래니 베어가 제대로 돈 냄새를 맡았다.

전혀 생각지 않았던 복덩이가 자이언츠에 흘러들었다.

"아직 라스베이거스에 있다고 했나?"

"음, 경기가 끝나고 호텔에서 식사 중이라고 하더군."

이미 래니 베어를 만나러 오기 전 프레즈노 선수들의 노선을 파악해 놓은 오라이언.

"내 자가용 비행기 보내."

"래니, 그렇게까지 할 필요가……."

"오라이언, 지금까지 내가 한 말을 듣긴 한 건가."

"……."

"동양 애들은 정에 약하지. 이렇게 다져 놓으면… 내년에 는 쉽게 우리 팀을 떠나지 못할 거야."

"알겠네."

더 이상 래니 베어에게 오라이언의 의견 따위는 중요하지 않았다.

오라이언도 래니의 자가용 비행기를 사적으로 사용해 본 적이 없었다.

그런데 일개 선수를 위해 그가 자가용 비행기를 내놓았다.

짝짝짝.

갑자기 래니는 양손을 부딪쳐 시원한 박수를 쳤다.

"자, 성대한 환영식을 준비해 보자고. 푸이그를 납작하게 눌러줄 화려한 이벤트를 만들어 보는 거야! 하하하."

이미 우승 이후 샴페인을 멋지게 터뜨리는 파티를 상상을 하고 있는 래니.

기분 좋게 웃음을 터뜨렸다.

'올 한 해도 바쁘겠군.'

거침없는 판단력을 보이는 구단주 래니.

오라이언은 그 모습에 올 한 해 남은 시간도 작년만큼이나 심장을 졸이며 보내게 될 것을 예감했다.

불길한 기분까지 들었다.

절대 상상하지 못했다.

괴물 같은 K.

죽어가던 크릭 헤스톤까지 가세한 이 상황.

분명한 것은 샌프란시스코 자이언츠에 새롭게 등장한 보물들이란 사실이다.

자이언츠의 역사를 새로 쓸 주인공이었다.

쇄애앳.

까아앙!

피이이이이잉!

"나이스 단비!"

짝짝짝.

단비가 거주하는 저택 지하의 연습장.

스크린 골프였지만 단비의 폼은 역시 끝내주었다.

호쾌한 자세로 드라이버를 날리는 단비.

은다혜는 손뼉을 치며 하이톤의 목소리로 나이스를 외쳤다.

'그래, 이게 단비잖아.'

단비의 방황은 단 하루로 끝이 났다.

마치 세상 막 살아버릴 듯한 표정으로 나타났던 그녀였다.

그레인키의 초대에 파티에 참석했던 단비와 다혜.

내키지는 않았지만 다혜 역시 미국식 파티 문화를 경험해 보고 싶은 마음이 없기 않았다.

고작 영화에서 본 게 다였다.

그러나 단비의 상태가 좋은 않았다.

유쾌한 마음으로 참석하고 싶은 게 파티였다.

탈선을 넘어선 듯한 단비의 태도 변화까지 봐가며 파티에 참석하는 게 곤혹스러웠다.

집을 나서긴 전 모든 게 걱정스러웠던 단비.

단비의 모습이 어울리는 파티 장소의 분위기는 안 봐도 빤했다.

하지만 막상 파티에 참석했을 때 다혜는 모든 게 기우였다는 것을 알았다.

마약과 술이 난무한 저질적인 파티.

아니었다.

교양 있는 상류층 자제들의 식사 자리.

조용한 음악이 파티장을 가득 채우고 사람들은 고급 와인으로 잔을 채운 채 얘기를 나누고 있었다.

가히 단비의 옷차림은 전혀 어울리지 않을 만큼 품격이 다른 자리였다.

다혜는 편안한 마음으로 단비와 파티를 즐겼다.

늦은 시간까지 이안 그레인키의 친구들과 함께 얘기를 나눴다.

악마 문신을 온몸에 바르고 약에 눈이 풀린 미친 클럽 분위기가 아닌 게 천만 다행이었다.

안도감에 약간의 아쉬움을 동시에 느꼈던 은다혜.

사람의 마음은 참 묘했다.

다음 날, 아무 일 없었다는 듯 골프채를 잡고 연습에 몰두하는 단비.

그간 다혜가 봐왔던 단비의 모습이었다.

다혜는 속으로 박수를 보냈다.

"경기에 함께 가줄 거지?"

"그럼~ 이왕 땡땡이 까는 학교. 제대로 쉬어야지."

"1학기 기말 시험 괜찮겠어?"

바로 며칠 후면 단비가 출전하는 경기가 있었다.

벌써 두 시간째 스크린 필드에서 골프채를 휘두르고 있었다.

어젯밤과 달리 전혀 화장기 없는 얼굴을 한 단비.

뽀얀 얼굴 위로 땀방울이 송글송글 맺혔다.

"해외 연수 중이잖아. 특기생은 레포트로 점수 대체돼. 공부해서 먹고살 것도 아닌데… 학교에 목맬 필요는 없잖아~"

은다혜는 한국 고등학교 재학 시절 특기생이었다.

물론 학업 실력으로도 서울 상위권 대학 진학은 문제없을 만큼 기본 실력이 탄탄했었다.

나름 자신의 배경에 있어 겸손한 모습을 보였다.

"내년에도 같이 있으면 좋겠어. 너하고 함께 경기에도 나가고 싶어."

"됐어~ 아직 내 실력으로는 국내도 재패하기 힘들어. 알잖아, 미국보다는 요즘 일본이 돈이 된다는 거. 호호, 난 엔화 벌어서 애국할 거야~"

싱긋.

다혜의 말을 듣던 단비가 미소를 지었다.

'엄마야~ 저 미소 어쩔 거야~'

오랜만에 보는 단비의 미소였다.

마치 봄날 아침 햇살처럼 빛나는 단비의 얼굴.

다혜의 얼굴이 화끈거릴 정도였다.

같은 여자가 봐도 끌릴 만큼 매력이 넘치는 친구였다.

'…단비를 차? 너… 강민. 기름기 촬촬 흐르는 육덕 스테이크 많이 먹어봐라. 투 플러스 한우가 최고지!'

단비만 보고 있으면 자동으로 연결되는 통화음처럼 강민이 다혜를 분노케 했다.

낱낱이 떠오르는 강민의 만행.

고작 활동 무대라고 해봐야 설악산이 전부였던 촌놈이었다.

그런 녀석이 일편단심 민들레 친언니 버금가는 단비에게 배신의 비수를 꽂았다.

외국산 젖소에 홀려 정신을 못 차리고 있었지만 언젠가는 현실을 깨닫게 될 것이다

신토불이가 달리 신토불이가 아니었다.

"저녁에 뭐 먹을까?"

꼬박 두 시간을 넘게 공을 때려대던 단비가 숨을 골랐다.

강민에 대한 미련은 어느 정도 정리한 듯 보이는 단비에게 다혜가 물었다.

"한식당 없어?"

"아니, 많아~ 한인들 많이 사는 곳이잖아."

"그럼 오늘은 한민족 조상의 요리인 김떡순 먹자!"

기분 전환에 떡볶이가 최고였다.

"조상의 요리 김떡순?"

단비가 이마의 땀을 닦다말고 다혜를 쳐다보았다.

재미있다는 표정이다.

"어머! 단비 너 몰라? 김떡순을?"

"……."

고개를 절레절레 젓는 손단비.

두 눈빛이 정말 모르는 눈치다.

고등학교를 같이 다니긴 했지만 학교 다니는 동안 분식집 같은 데는 출입을 거의 하지 않았던 단비.

모르는 게 당연했다.

"단군 할배 들으심 서운하시겠네~"

"왜? 무슨 관련이 있는 거야?"

다혜는 장난기가 발동했다.

아주 고품격 럭셔리 인생으로만 삶을 유지해 온 단비.

"손단비! 너 나중에 인터뷰 같은 거 할 때 김떡순이 뭐예요~? 그러지 마! 재수없는 된장녀 1위에 온갖 악플이 일 년 내내 네이것을 도배할 거다!"

다혜의 말에 단비의 표정은 점점 더 진지해졌다.

"그, 그 정도로 중요한 인물이야? 엄청 역사가 깊은 음식인 거야? …내가 모를 리 없는데……."

뭐라 표현하기 애매한 표정으로 다혜를 쳐다보며 단비가 말했다.

"호호호, 단비 너를 어떡하니……."

김밥은 그렇다 치지만 떡볶이나 순대 같은 음식을 단비는 먹어본 일이 없었다.

미국에서 생활했던 단비.

잠깐 한국으로 넘어왔지만 한국 고등학교 재학 동안 분식을 맛볼 기회는 없었다.

"미안해, 요즘 책을 많이 읽지 않아서……."

다혜가 긴 한숨을 내뿜자 살짝 당황한 단비.

"키키, 단비 너 놀려 먹는 재미가 쏠쏠하다~"

"……??"

"손단비! 단군 할배가 널리 인간을 이롭게 하기 위해 가장 먼저 갖고 내려온 하늘 음식이 바로 김떡순이야~"

"그, 그래? 난 처음 듣네. 풍백에 우사, 그리고 운사밖에 난 모르는데……."

끝까지 헛다리를 짚고 있는 단비.

다혜의 수준 높은 농담을 이해하지 못했다.

"그래! 바로 그분들이야. 풍백님이 즐겨 먹던 게 김밥. 고뇌의 대명사인 운사님의 야식이 눈물없이 먹을 수 없는 떡볶이. 마지막으로! 운사님이 구름 타고 다니시며 간식으로 소금 찍어 드시던 게 순대!"

"……."

"모르겠어? 그게 김떡순이라구!"

"아! 그렇구나!"

그제야 꺼다란 깨달음을 얻은 듯 두 눈을 동그랗게 뜨고 고개를 주억거리는 단비.

"푸하하하하하!"

그 모습을 지켜보던 단비기 미친 듯 웃음을 터뜨렸다.

"왜 그래……."

"다, 단비야……. 큭큭, 나, 나 허리 제대로 붙어 있니? 이이고 배야……. 하하하하하, 배꼽이 없어진 것 같아."

오랜만에 다혜는 허리를 꺾으며 큰 소리로 웃었다.

두 눈에는 눈물까지 맺혔다.

"……."

아직 다혜의 농담을 이해하지 못한 단비는 눈만 멀뚱히 뜨고 다혜를 바라보았다.

다혜의 호탕한 웃음에 바라보는 단비의 마음까지 뻥 뚫

리는 듯했다.

함께 웃을 수 없는 게 안타까웠다.

마음에 커다란 돌덩이를 얹고 있는 듯 갑갑함이 느껴졌다.

하지만 내색하지 않기 위해 초대한 노력했다.

다혜는 눈물까지 흘려가며 허리를 꺾고 웃으면서도 단비를 놓치지 않았다.

'단비를 챘다 이거지…….'

순도 100퍼센트 순수한 영혼이 단비.

배꼽이 빠져라 웃고는 있었지만 강민에 대한 저주는 끊이질 않았다.

차라리 몇 대 갈겨주고 털어버리고 싶었다.

강민을 떠올리면 가슴이 쓰리고 아팠다.

단비는 자신보다 더할 거라는 생각 때문에 마음이 더 괴로웠다.

미웠다.

지난 삼 년은 강민에게 별 의미 없는 시간들이었는지 몰라도 단비에게는 고통의 시간들이었다.

그런 그녀의 마음을 헌신짝처럼 내팽개치고 젖소로 갈아타 버린 강민.

강민이 가는 길에 소금이라도 잔뜩 뿌리고 싶었다.

그의 머리 위에 폭풍 벼락이라도 떨어지라고 말이다.

제8장
나의 메이저리그!

ПАЛЕК

"다들 마음껏 드세요~ 하하하."

"K! 오늘 환상이었어!"

"오오! 엄청난 요리를 맛보게 되다니. 너는 지상의 천사
야!"

"으으, 이게 얼마 만에 맛보는 사람의 음식이냐~"

"오늘 나 배 터져 죽는다!"

"돌격 앞으로!!"

'다행이다. 모두 만족해해서.'

프레즈노 그리즐리스 팀의 동료 선수들.

차려진 음식들 앞에서 제대로 눈이 돌아갔다.

파죽의 4연승.

기대 이상의 성과를 올린 경기였다.

그대로 라스베이거스를 떠나기에는 아쉬웠다.

크릭 헤스톤의 활약으로 완봉승을 거둔 경기는 생각보다 일찍 끝났다.

나를 유난히 견제했던 피프티원스의 투수.

상큼하게 홈런을 빼앗고 가볍게 삼진 하나도 같이 먹어 줬다.

10할대의 타율은 야구 역사상 없던 기록.

적당히 인간적인 면을 보여주기 위해 눈을 감고 배트를 휘둘렀다.

예상했던 바 대로 우승을 쥔 프레즈노 그리즐리스.

흥분을 가라앉히지 못하는 선수들을 위해 자리를 마련했다.

언제든 찾아오면 50프로의 할인가로 요리를 제공해 주겠다고 했던 안드레아 피를로.

특별히 직원가로 고급 호텔 요리를 맛볼 수 있는 장소로 동료 선수들을 데려왔다.

양껏 배를 채울 수 있는 뷔페 코너로 배고픈 야수들을 몰아넣었다.

체크하던 호텔 직원에게는 안드레아를 살짝 언급했다.

전화를 나의 말을 확인하던 직원은 활짝 웃으며 프레즈

노 선수들을 반갑게 맞아주었다.

생각보다 가격은 저렴했다.

할인가를 적용한 덕에 1인당 2만 원이 채 안 되는 식사였다.

운전기사까지 포함에 총인원은 50여 명.

한 장으로 인심 후하게 쓸 수 있는 자리였다.

"K, 고맙네. 자네 덕에 며칠 동안 호사를 다 누리는군."

4연승에 사람 좋은 인상이 된 밥 마리오 감독.

눈가에 다정한 눈웃음까지 지으며 한없이 부드러운 목소리로 말을 건넸다.

누가 봐도 속 보이는 듯 호감을 팍팍 드러냈다.

"별말씀을 다 하십니다. 감독님의 따끔한 가르침은 꼭 기억하겠습니다."

기필코 물들고 싶지 않았던 양 도사.

아닌 게 아니라 양 도사와 생활한 시간이 있어서 그런지 조잔한 마음이 꿈틀거리는 게 느껴졌다.

가랑비에 옷 젖는다 하더니 딱 그 꼴이었다.

언제부터 나에게서 뒤끝이 고개를 쳐들었다.

야구 장비도 없이 팀을 찾아왔다고 박대했던 밥 마리오 감독.

나를 대놓고 못마땅하게 바라보던 시선이 아직도 생생하게 떠올랐다.

"큼큼."

"많이 드십시오."

"뭐, 그래. 그 정도를 가지고……. 오늘따라 꽤 바가 많이 고프군. 큼큼."

말이 끝나기도 전에 서둘러 내 앞을 비켜가 버리는 밥 마리오 감독.

"천천히 많~ 이 드십시오."

나는 서둘러 나를 피해 도망가는 밥 마리오 감독 뒤통수에 대고 마저 인사를 건넸다.

'흐흐, 앞으로는 조심하시겠지.'

이 정도 만찬을 베풀었는데 나를 건들 리 없었다.

실력이 깡패인 메이저리그.

나는 결단코 먼저 건들지 않으면 아무나 무는 개념 없는 개가 아니었다.

착하게 살자는 슬로건을 갖고 인생의 주체로 살아가고자 애쓰고 있는 나.

"K! 넌 도대체 어느 별에 왔냐?"

와락!

'컥!'

0.1톤이 넘는 거구가 그대로 나를 포획하듯 끌어안았다.

돈도 없이 살만 찐 마이너리거.

같은 정장임에도 전혀 다른 분위기를 연출하는 잭 윌리엄.

옷이 몸을 커버해 주지 못했다.

밥 마리오 감독이 멀어지자 애정과 격한 행동으로 자신의 마음을 전해왔다.

"어, 어서 가서 드세요. 다른 선수들이 싹쓸이하기 전에……."

몇 년 살진 않았지만 역시 적응하가 힘든 남자들의 안드로겐 가득한 포옹.

"크크, K! 난 널 처음 본 순간부터 반했어~ 알지?"

끈적하면서도 불길한 뭔가가 잔뜩 섞여 있는 잭 윌리엄의 발언.

눈빛과 말에서 느끼함이 묻어났다.

'으으으.'

온몸을 한 차례 훑는 닭살의 행진.

아예 닭털까지 뾰족뾰족 날 것 같은 기분이 들었다.

"저, 저 남자들 뭐야?"

"아무리 그래도 이런 공개적인 자리에서……."

"세상이 많이 바뀌었잖아."

"그래도 그렇지. 받아들이기 힘든 사람도 있다구. 나처럼……."

"목소리가 너무 커."

"…뭐 어때."

이럴 땐 예민하게 발달한 청각이 약간은 상황을 불편하

게 만들기도 했다.

몇몇 사람들이 잭 윌리엄과 나의 포옹하는 모습만 보고 수군거렸다.

'…스캔들에… 이젠 커밍아웃까지 선언해야 하는 거야?'

소문은 날개를 달고 또 어디까지 날아갈지 모른다.

곧 소문 하나가 더해져 다시 나에게 돌아올 것이 분명했다.

나도 내가 이렇게 빨리 프레즈노의 선수들과 적응해 지내게 될 줄은 몰랐다.

이런 환경이 점점 두려워지고 있는 것도 사실이다.

고독한 스포츠계의 품격 있는 수사자처럼 필드를 누비고 싶은 나.

잠깐 스쳐 지나가는 곳 그라운드에서 외로운 사냥꾼처럼 지내고 싶었다.

하지만 이건 어쩌다 동네 이장처럼 친근한 이미지만 얻게 되었다.

"일단 밥 먹고 그다음 우리 인생에 대해 진지하게 대화를 나눠 보자!"

'헐…… . 인생의 진지한… 대화?'

갈수록 가관이었다.

나의 입에서는 다른 말이 나오지 않았다.

"투수와 포수는 또 다른 연인 관계~"

"……"

"받아들이라고 K. 난 너에게서 영원히 벗어날 수 없을 것 같거든~ 하아, 이 얼마 만에 찾아온 사랑이란 말이냐~"

스륵.

나의 양쪽 어깨를 움켜잡았던 손에서 힘을 빼며 나를 정면으로 바라보는 잭 윌리엄.

그의 표정은 격한 감동을 주체하지 못하고 숭고하리만큼 열정적인 눈빛을 하고 있었다.

'…기필코… 메이저리그로 가야 할 이유가 또 생겼군.'

메이저리그 무대에 반드시 올라가야 할 이유가 하나 더 생긴 순간이었다.

프레즈노에 더 있다가는 정말 큰일이 터질 것만 같았다.

이건 원정 경기 중에 방이라도 함께 썼다면 변명의 여지가 없을 사건이었다.

"다들 품위를 지켜라~! 너희는 프레즈노의 회색곰들이야!!"

불펜 코치 드루먼의 목소리였다.

하나같이 상의를 벗어 의자에 던져 놓은 채 여물통을 발견한 멧돼지처럼 돌격하는 프레즈노의 선수들.

그들 뒤통수에 대고 뱉은 말이었다.

하지만 입가에 빙그레 미소까지 짓고 있는 드루먼 코치의 말은 의미가 없었다.

먹성 좋은 회색곰들.

"K, 고맙다. 네 덕분에 선수들 표정이 오랜만에 활짝 폈다."

역시 인상 좋은 불펜 코치 드루먼은 인사를 빠뜨리지 않았다.

처음 나를 대할 때도 인심 좋은 이웃집 아저씨 같았던 드루먼.

"별말씀을요."

"나도 잘 먹겠다."

"네~ 차린 게 많습니다. 많이 드십시오."

"차린 게 많아? 하하, 솔직해서 좋군."

나의 센스 있는 농담을 제대로 소화할 줄 아는 드루먼.

호탕하게 웃음을 터뜨렸다.

"실력이 뛰어난 건 알겠지만 몸 조심해. 어깨뿐만 아니라 하체와 상체 그 어느 쪽 근육 하나도 소홀히 해서는 안 돼. 선수들에게 있어 강인한 육체는 곧 미래야. 보증수표 같은 거지."

진심으로 나를 걱정해 주는 드루먼.

"알겠습니다."

어디를 가도 이런 사람 역시 꼭 한 명씩은 있게 마련이다.

마치 세상의 물욕과는 거리를 누고 사람을 최우신으모

하는 성인군자 같은 성품의 사람들.

충분히 존중받을 만한 자격이 있는 생활 속의 성인.

"그래, 알았으면 됐다."

툭툭.

처음 보였던 모습.

며칠이 지나도록 변하지 않았다.

나를 향해 웃어 보였던 때처럼 어깨를 두들기며 동료가 있는 곳으로 걸음을 옮겼다.

"K, 고맙다."

"오셨어요?"

"응, 캐서린과 루이스가 방금 떠났다."

마이너리그에서도 쉽게 얻을 수 없는 완봉승을 획득한 오늘의 주인공 크릭 헤스톤.

아직도 상기된 얼굴이 가라앉지 않았다.

크릭 헤스톤은 뜨거운 눈빛으로 나를 바라보았다.

잭 윌리엄과는 다른 그의 눈빛.

굳이 말로 표현하지는 않았지만 깊은 신뢰와 감사함, 은근한 존경심까지 엿보였다.

'…완전 용되셨네~'

단 하루 만에 일어난 일이었다.

크릭 헤스톤의 완봉승으로 경기가 마무리되자 선수들이 일제히 그라운드로 쏟아져 나왔다.

그리고 너 나 할 것 없이 모두 크릭 헤스톤을 향해 달렸다.

누가 먼저랄 것도 없이 크릭을 안아 올려 헹가래를 펼쳤다.

라스베이거스 피프티원스의 홈팬들도 그 순간만큼의 나의 이름이 아닌 크릭의 이름을 연호했다.

중소도시의 적수였지만 분명 크릭은 한때 메이저리그 영웅이었다.

그를 기억하고 있는 이들이 아직 많았다.

더구나 마지막 9회까지 97마일의 강속구를 유지하자 미친 듯 환호했다.

변화구보다 직구를 고집했다.

소소한 사연과 감동보다 굵직한 사건의 주인공을 선호하는 대중 심리.

오늘 크릭은 대중 심리에 완벽하게 부흥했다.

"몸은 어떻습니까?"

"…한 게임 더 완봉하라고 해도 끄떡없을 것 같다."

"하하하."

역시 황제오골접골환의 효과는 뛰어났다.

그리고 나의 내공과 선천태극오행기공상의 치료술까지 더해졌으니 의심할 여지가 없었다.

겉으로 보아도 크릭 헤스톤의 몸은 완벽하게 재탄생됐다.

외파석 수술 후 혈도가 완벽하게 복원되지 않아서 생긴 후유증.

기운이 제대로 흐르지 못하면서 근육 조직들이 제 기능을 하지 못한 것이다.

서양 의술로는 따라올 수 없는 동양의 의술.

혈도라 일컫는 피의 흐름 속에 기가 함께 흐른다는 것을 눈으로 확인시킨다는 게 쉽지 않았다.

외과적으로 섬세한 부분까지 살핀다는 게 어려웠다.

가득이나 수술 후의 경과는 온전히 선수들의 몫으로 남겨졌다.

생각보다 크릭 헤스톤의 근육 상태는 좋았다.

그래서 효과도 금방 볼 수 있었다.

포기하기보다 재활에 많은 것을 걸고 버텨온 크릭의 악바리 근성에 내린 하늘의 선물 같은 것이었다.

한 아이의 아버지와 선수로서 지키고 싶었던 명예를 위해 이를 악물고 버텼던 대가였다.

크릭의 어깨는 내공을 이용해 혈도를 완벽하게 개통해 주었다.

흡수된 황제오공접골환의 기운들이 몸 안에 골고루 퍼지게 도운 것이다.

뿐만 아니라 보너스로 탁기까지 제거했다.

틀어졌던 몸의 근육과 혈도들을 다시 잡았다.

그리고 난 후 일어난 일이 오늘의 대사건.

마음먹은 대로 몸이 따라주자 크릭 헤스톤은 과거의 전성기를 맞은 듯 활약했다.

몸을 컨트롤할 수 있다는 것은 아주 중요했다.

전성기 때의 투구 폼과 구속이 자연스럽게 따라와 주었다.

"이제부터 몸 관리 잘하십시오. 무리하시면 어떻게 되는지 잘 아시죠?"

"물론! 열심히 뛴 후 그라운드에서 명예롭게 은퇴할 생각이다!"

아무리 본래 컨디션을 회복했다고 해도 내공을 수련하지 않는 한 육체의 한계는 다시 오게 마련이다.

그때가 되면 스스로 알아채고 마운드에서 명예롭게 내려와야 한다.

쓸쓸한 마이너리그 선수 생활 끝에 통보나 방출로 인한 퇴출은 스스로 피해야 하는 것이다.

특히 크릭의 경우 다시 복귀에 성공한 만큼 모든 이들로부터 축복 받는 메이저리거로 다시 돌아가야 한다.

그래야 나도 보람이 있었다.

"그럼 됐습니다. 하늘은 스스로 돕는 자를 돕는다고 했습니다. 이 모든 기적은 크릭 때문에 일어난 일입니다."

무슨 영화를 보기 위해 크릭의 부상을 치료해 준 것이 아니었다.

인사치레 따위 차리고 싶은 마음도 없었다.

크릭은 누가 봐도 메이저리그가 어울리는 선수였다.

그가 메이저리그에서 뛰는 것만으로도 많은 이들에게 희망을 품게 할 그런 사람이었다.

기본적으로 가정에 충실했다.

또 경기에 임하는 자세는 늘 진지했다.

물론 자신의 꿈을 위해 달리는 것은 여느 선수들과 같았지만 끝까지 품위를 잃지 않았다.

그에게 이번 기회는 하늘이 준 또 다른 선물이었다.

"이 은혜… 결코 잊지 않겠다. K, 넌 분명 내 생명의 은인이다!"

'우, 우는 거야?'

덩치는 산만 해서 두 눈이 붉어지던 크릭 헤스톤.

금세 두 눈에 눈물이 고였다.

절대 쉽게 볼 수 없는 상남자의 눈물이었다.

'루이스에 이어… 크릭……'

나 역시 크릭의 모습을 보며 더할 나위 없이 뿌듯했다.

루이스와 캐서린도 나의 팬이 된 상황.

크릭까지 더해 일가족을 팬으로 얻었다.

"…이깟 싸구려 음식으로 동료들을 매수라도 한 거야? 어린 녀석이 못된 것부터 배웠군."

'아놔, 또 시비야.'

아직도 정신을 차리지 못한 오스턴 필립의 목소리가 분위기를 깼다.

나에게 손목이 잡힌 채 경찰을 부르짖었던 순간을 벌써 잊은 듯한 태도.

찌질이 진상 캐릭터를 굳히고 있었다.

나의 눈에 잘 띄는 곳에 자리를 잡고 똘마니들과 대화를 나누었다.

나 들으라고 하는 명백한 도발.

'먹고 맞으면 덜 아프나…….'

손맛으로는 양에 차지 않는 성격인 듯했다.

이래서 밟을 때 확실히 밟아줘야 하는 것인데 마무리를 잘 짓지 못한 게 아쉬웠다.

사심 없는 나의 선행에 초를 치는 오스턴 필립.

뚜벅뚜벅.

나는 걸음을 옮겼다.

"뭐, 뭐야!"

아무 말 없이 성큼성큼 걸음을 옮기자 살짝 겁을 집어먹고 뒤로 주춤 물러서는 오스턴 필립.

늘 동네 똥개들처럼 뭉쳐 다니는 나름 메이저리그 보호 선수들.

"그럼… 그쪽에서 시비던가요."

"이, 이사식이 무슨 헛소리야!"

"선수들 매수했냐면서요. 그럼 돈도 많이 버는 오스턴이 한턱 쏘시죠. 그렇게 눈꼴사나우면 오스턴이 매수하면 되잖아요."

아무리 봐줘도 이런 인물은 고마운 줄 모르고 뒤통수를 치게 돼 있었다.

인간 말종을 사람으로 대하면 안 된다.

그럴 때는 인간적 감정을 배제하고 사냥개처럼 굴어야 한다.

오스턴 필립도 강남 골목에서 나를 치기 위해 기다리던 그 쓰레기들과 다르지 않았다.

"벌레 같은 새끼!"

'……'

끝장을 보자고 덤비고 있었다.

미국에서는 가장 보통이면서도 심한 욕.

나는 돌아서려다 다시 오스턴 필립을 돌아보았다.

그리고 두 눈을 똑바로 응시했다.

"아주 작두를 타세요~"

죽고 싶어 널을 뛰고 있었다.

"이, 이 새끼 나한테 지금 욕했지!"

영어가 아닌 한국말로 내뱉자 알아듣지 못한 오스턴.

분위기로 짐작만 하고 방방 뛰었다.

씨익.

나는 다시 한 번 웃어보였다.

"맞습니다. 시베리안 허스키가 싼 똥만도 못한 분~"

"이이!!!"

나의 말을 못 알아듣는 건 다른 동료들도 마찬가지였다.

적을 알고 나를 알면 백전무패라는 말이 있지 않은가.

단순하고 무식하기만 한 오스턴 필립.

타다닥.

"K! K!"

그때 동료 선수들과 한참 뷔페 코너를 돌고 있어야 할 밥 마리오 감독과 코치 일행이 몰려왔다.

"……??"

"…… ."

당황하기는 오스턴 필립도 마찬가지.

"무, 무슨 일 있으십니까?"

"하아."

"그, 그게…… ."

흥분한 코치진과 밥 마리오 감독.

쉽게 말을 잇지 못하고 숨을 골랐다.

"추, 축하하네!"

"네?"

영문을 알 수 없는 축하의 말을 건넸다.

"방금 연락 받았네. 오라이언 단장이었어."

"……."

"자네… 메이저리그로 콜업 됐어!!"

"네에? 메, 메이저리그요?"

기다렸던 소식이었다.

하지만 갑작스러운 소식에 심장이 쿵 하고 내려앉는 듯한 충격이 밀려왔다.

아니, 감동이었다.

며칠 동안 마이너리그에서 뛰면서 동료 선수들로부터 메이저리그가 어떤 곳인지 정확하게 전해 들었다.

당연히 올라갈 줄은 알고 있었다.

막상 콜업 통보를 받자 심장이 미친 듯 뛰었다.

"마, 말도 안 돼!!"

오스턴 필립은 나보다 더 놀란 모습이었다.

얼굴이 새하얗게 질린 채 말까지 더듬거렸다.

'넌 새꺄~ 나 있는 동안에는 메이저리그 못 밟을 줄 알고 있어~'

나는 두 눈을 매처럼 부릅뜨고 오스턴을 한 번 훑어주었다.

한국에서는 없던 버릇이었다.

아니 알지 못했던 나의 성격이었다.

내가 이렇게 뒤끝이 짱일 줄은 몰랐다.

드러내고 싶지는 않았지만 이 순간 오스턴 필립에게는

정확하게 인지시켜 줄 필요가 있었다.

"축하한다! K!"

"그렇게 될 줄 알았어!"

"하하, 이거 오늘 이후로 보기 힘들어지는 거야? 대스타 탄생이군!"

코치들까지 진심으로 축하 인사를 건네왔다.

"K! 오! 나의 사랑! K!!! 축하해!!!"

부담 백 배 잭 윌리엄.

입에 소스를 잔뜩 묻힌 채 나에게 달려왔다.

당장 붙잡히기라도 하면 키스 세례를 퍼부을 기세다.

"K! 축하해!"

"휘익~ 가더라도 우리 잊지 마! 곧 나도 올라갈 테니까!"

소식을 듣고 하나둘 몰려오는 프레즈노의 회색곰들.

진심으로 기뻐해 주고 있었다.

'메이저리그… 메이저리그……. 그래, 이제 가는구나. 나의 메이저리그로!'

『마스터 K』 제20권에 계속…

이제부터 전자책은

이젠북

www.ezenbook.co.kr

새로운 세계가 열린다!

한백림 『천잠비룡포』   천중화 『그레이트 원』
좌백 『천마군림』   송진용 『몽검마도』
현대백수 『간웅』   김석진 『더블』
김정률 『아나크레온』   백연 『생사결-영정호우』
임준후 『켈베로스』   예가음 『신병이기』
진산 『화분, 용의 나라』   남운 『개방학사』

이름만 들어도 황홀할 정도의 별들의 향연!

이들의 "유료연재"가 시작됩니다!

검색창에 **이젠북** 을 쳐보세요! ▼ 🔍

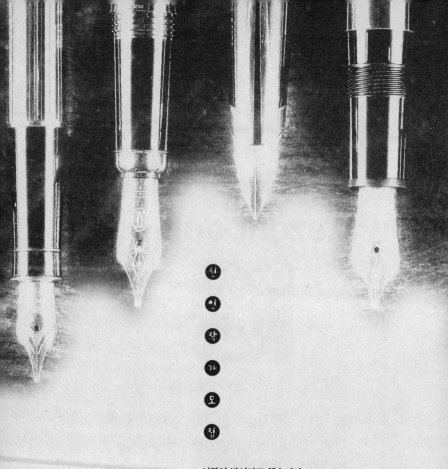

신

인

작

가

모

집

시작이 반이라고 했습니다.
작가의 길에 대한 보이지 않는 벽을 과감히 깨뜨리십시오!
청어람은 작가 지망생 여러분들의
멋진 방향타가 되어드리겠습니다.

저희 도서출판 청어람에서는
소설 신인 작가분들을 모집합니다.
판타지와 무협을 사랑하시는 분들의 많은 참여를 바랍니다.
소정의 원고(A4용지 150매)를 메일이나 우편으로 보내주시면
검토 후 출판 여부를 알려드리겠습니다.

주소:경기도 부천시 원미구 심곡2동 163-2 서경B/D 2F 우편번호 420-822
TEL:032-656-4452 · **FAX:**032-656-4453
http://**www.chungeoram.com**
e-mail:chungeoram@chungeoram.com

FANTASTIC ORIENTAL HEROES

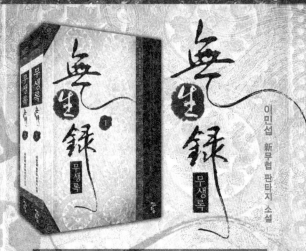

이민섭 新무협 판타지 소설

죽지 못하는 자는 살지 못하는 것과 같다.
그래서 그는 스스로를 무생(無生)이라 부른다.

은퇴한 기인들의 마을, 득도촌
그곳에서 가장 기이한 자는…
은거기인들마저 놀라게 하는 한 명의 청년

"그 무엇도 궁금해하지 말 것!"

부엌칼로 태산을 가르고,
곡괭이질로 산을 뚫는 자, 무생!

흘러 들어온 남궁가의 인연으로,
죽지 못해서 살아온 그가
이제 죽기 위해 무림으로 나선다.

살지 못한 자가 비로소 살게 되었을 때
천하가 오롯이 그의 것이 되리라!

Book Publishing CHUNGEORAM

유행이 아닌 자유추구 -
WWW.chungeoram.com

FUSION FANTASTIC STORY
천성민 장편 소설

짐승의 규칙

『무결도왕』 『다크로드 블리츠』
천성민 작가의 신간!

짐승의 규칙

살아야만 했다.
나를 위해 희생당한 부모님을 위해.
복수를 위해.

죽여야만 했다.
내가 살기 위해 타인의 목숨을.

그렇게……
나는 짐승이 되었다.

Book Publishing CHUNGEORAM

유행이 아닌 자유추구 -
WWW.chungeoram.com

이충민 판타지 장편 소설

Mighty Warrior
영웅병사

복수를 다짐한 소년 병사.
붉은 제국을 향해 깃발을 세운다.

『영웅병사』

평온한 유년 시절을 보내던 비첼.
어느 날, 붉은 제국의 깃발 아래에 사랑하는 가족을 빼앗기고 만다.

"도끼… 도끼라면 다룰 줄 압니다."

병사가 되고자 참가한 전쟁에서 소년은 점점 영웅이 되어 간다!

쓰러져가는 아버지의 등을 억하며,
아직 어린 소년으로서 도끼를 들고 붉은 제국과 싸우 위해 일어선다.

제국과의 전쟁에 스스로 뛰어든 소년,
병사, 비첼 악센트.
이것이 영웅 탄생의 시작이다!

Book Publishing CHUNGEORAM

통청하이란 지우추구
www.chungeoram.com

도검 新무협 판타지 소설

新刀無魂 패도무혼

최대 장르문학 사이트 문피아,
최단기간 100만 조회수 돌파!
전체 선작자 베스트! 골든베스트 1위!
2013년 하반기 최고의 기대작!

「패도무혼」

정파의 하늘 천하영웅맹의 그림자 흑영대.
그곳에 흑영대 최강의 사내
흑수라 철혼이 있다.

"저들은 뭔가 대단한 착각을 하고 있다.
…개떼는 목숨을 걸어도 개떼일 뿐……"

난 맹수들을 잡아먹는 포식자, 흑수라다.

눈가의 붉은 상흔이 꿈틀거릴 때,
피와 목숨을 아귀처럼 씹어 먹는 괴물
흑수라가 강림한다!

Book Publishing CHUNGEORAM

유행이 아닌 자유추구 -
WWW.chungeoram.com